Lehrer könnte so ein schöner Beruf sein.

Ein bisschen gesellschaftliche Anerkennung, ein wenig
Wohlwollen – und die Lehrer wären glücklich. –

Aber nein.

Zeitungen und Hirnforscher hauen ihnen um die
Ohren, wie alt, unflexibel und unfähig sie sind.
Der Nachbar lispelt zufrieden:
»Die Dümmsten aus meiner Klasse sind Lehrer
geworden!«

Gabriele Frydrych hat es satt, dass Lehrer für alle
Miseren verantwortlich gemacht werden.
Sie rächt sich. Mit satirischen Texten.

Und mit Erfolg: »Lehrer sind für mich die Helden des
Alltags!« hat Ex-Bundespräsident Köhler gesagt.

Na also, geht doch.

Foto: Dagmar Pagel

Gabriele Frydrych wurde in Jena geboren und lebt seit ihrem vierten Lebensjahr in Berlin. Dort studierte sie Slavistik, Germanistik und Publizistik und absolvierte anschließend ihr Referendariat an einem pfälzischen Landgymnasium, bevor sie sich in den Dienst an Berliner Gesamt- und Realschulen begab. Die Eindrücke, die sie in den verschiedenen Schulen, Klassen und Kollegien gewann, hält sie seit vielen Jahren in ironischen Texten fest, die in diversen Zeitungen und Zeitschriften erschienen sind. Sie hat bereits zwei Bücher veröffentlicht: »Du hast es gut« und »Dafür hast du also Zeit«, die 2010 beim Piper-Verlag unter dem Titel »Von Schülern, Eltern und anderen Besserwissern« neu herausgekommen sind.

Gabriele Frydrych

# »Die Dümmsten aus meiner Klasse sind Lehrer geworden!«

Bibliografische Information Der Deutschen Bibliothek:
Die Deutsche Bibliothek verzeichnet diese Publikation in der
Deutschen Nationalbibliografie, detaillierte Daten sind im Internet
über < http://dnb.ddb.de> abrufbar.

Cover:              Billa Spiegelhauer
                    www.billa-spiegelhauer.de
Illustrationen:     Ruth Ullenboom
                    ruthullenboom@googlemail.com
Lektorat:           Peter Lassau, Barbara Tinnefeldt
Coaching:           Dr. Helga Hoch, Dr. Manfred Hoch

© 2013 Gabriele Frydrych, Berlin
Satz, Herstellung und Verlag: BoD – Books on Demand
ISBN: 978-3-8482-4465-2

# Inhalt

Die besten Kapitäne stehen am Ufer.

# Und – Action!

Seit den verregneten Sommerferien sind fünf Wochen ins Land gezogen. »Gefühlte Zeit: fünf Jahre!«, seufzt eine Kollegin. Draußen sind 29 Grad. Die Sonne brennt, dafür regnet es oben im Kunstbereich wenigstens nicht durch die Decke. Mittlerweile funktioniert unsere Pausenklingel wieder, und viele Schüler sind erleichtert, dass der Physiklehrer, der nie eine Uhr dabei hat, seinen Unterricht nicht mehr überziehen kann.

Im Lehrerzimmer hängt ein riesiger Wandkalender. Dort streicht Kollege Baumgarten mit seligem Lächeln die Tage bis zu seiner Pensionierung ab. Jeden 10. Tag leert er eine Kaffeetasse mit Prosecco und singt: »Brüder, zur Sonne, zur Freiheit!« Daraufhin hat eine junge Frau ihr Referendariat geschmissen. So einen Beruf will sie nicht, in dem man sehnsüchtig auf die Ferien oder auf die Pensionierung wartet. Auch der Chemie-Quereinsteiger ist schnell wieder verschwunden. Angeblich schiebt er lieber Schichtdienst in einem Call-Center, als Diskussionen mit Zehntklässlern über den Bildungswert der anorganischen Chemie zu führen.

Die Pausenklingel funktioniert zwar, dafür lässt sich der Feueralarm nicht auslösen. Als auf der Toilette jemand am Handtuchhalter zündelt, muss der Hausmeister von Raum zu Raum rennen und alle einzeln rausscheuchen. Das ist schwierig, weil die Sensationslust weitaus größer ist als die Angst vor Gefahr. Nach massiven Elternprotesten (Lehrerproteste interessieren in der Regel keine Sau) stellt der Schulträger eine Überprüfung und eventuelle Reparatur in Aussicht. Als Provisorium werden in allen Lehrerstützpunkten mobile Alarmanlagen deponiert: Dosen mit Pressluft. Man drückt auf einen Knopf und sie heulen los. Kollegin Püschel hat die Einführungsveranstaltung versäumt und betätigt neugierig den Auslöser. Die Schüler auf der Etage verstehen den durchdringenden Lärm sofort als Zeichen zum Aufbruch. Kollegin Püschel lässt sich krankschreiben: Gehörtrauma.

Am Anfang des Schuljahres bin ich entzückt, dass in meiner 10. Klasse nur 24 Schülerinnen und Schüler auf meine Fachkenntnisse warten. Doch dann kommen täglich Neuzugänge von allerlei anderen Etablissements, bis die Klasse brechend voll ist und ich die Mittelstufenleitung weinend um Erbarmen bitte. Es fehlen immer noch Stühle und Lehrbücher. Ich besorge im Baumarkt zwei Klappstühle. Morgens stehe ich 20 Minuten eher auf, um rechtzeitig den Kopierer zu erreichen. Aber die Kolleginnen, die gleich in der Schule übernachten, stehen schon Schlange.

Die Renovierung der Musikräume konnte leider in den Sommerferien nicht abgeschlossen werden. Rumänische Fachkräfte durchbrechen immer noch Wände, der Steinway-Flügel steht verstaubt im Flur. Ich halte mobilen Musikunterricht ab. Manchmal gehen mir Schüler sogar aus dem Weg oder halten die Tür auf, wenn ich mit Ghettoblaster, Gitarre und Rucksack einen Unterrichtsraum suche.

Mittlerweile gehe ich davon aus, dass sich mein Stundenplan nicht mehr wöchentlich ändert. Die zehn Springstunden empfinde ich als Erleichterung, kann ich doch endlich mal mit anderen in Ruhe Erfahrungen austauschen. Zum Beispiel mit dem pensionierten Kollegen, ohne den wir aufgeschmissen wären. Er deckt den gesamten Physikunterricht der Mittelstufe ab. Einmal in der Woche kommt Sigrid vorbei, die nach 40 Jahren Schuldienst heiter und gelöst wirkt. Sie macht gerade ihren Flugschein. Sigrid bringt uns ihre alten Bücher, Filme, Arbeitsblätter und Schul-T-Shirts vorbei, die wir anschließend dezent entsorgen.

Der neue Schulleiter hat einen Evaluationsbeauftragten berufen, einen Homepage-Think-Tank und einen Boxer, der die Arbeitsgemeinschaft »Faire Fäuste« leitet. Außerdem hat er in der Teeküche aufgeräumt und uns vorwurfsvoll auf das Haltbarkeitsdatum der Obstsäfte und Milchtüten hingewiesen. Er will in den ersten Wochen alle mal »anhospitieren«, aber er muss noch so viele Einstellungsgespräche führen, dass er es bisher nur zu der schüchternen Französischlehrerin geschafft hat. Das aber dann gleich dreimal. Sie sieht auch wirklich niedlich aus.

Den Mathekollegen hat der neue Schulleiter den täglichen »Kreis des Vertrauens« verordnet. Der hat ihn bei der Fußball-WM beeindruckt. Vielleicht gibt es jetzt gezieltere Mathe-Flanken und geistige Elfmeter. Und nicht immer nur fachdidaktisches Abseits und pädagogische Eigentore.

Die jüngeren Kollegen haben sich in einem Lehrerzimmer im dritten Stock verschanzt und knobeln aus, wer welche Funktionsstelle übernimmt. Schließlich gehen in den nächsten zwei Jahren diverse Studiendirektoren, Seminar- und Fachbereichsleiter aufs Altenteil. Die Karrierechancen im Schuldienst sind derzeit gut. Der dumpfe Brüter aus Geschichte, den vier erfahrene Kolleginnen vor zwei Jahren durchs Examen hoben, ist mittlerweile kommissarischer Schulrat!

# Tolle Tipps – Wellness in der Schule

Ihr Leben könnte so schön sein! Statt pausenlos über Disziplinprobleme und Korrekturbelastungen zu klagen, kaufen Sie sich einfach einen Stapel dieser wunderbaren Ratgeberbücher: »Sei locker, sei lustig, sei Lehrer!«, »Sieg im Klassenkampf« oder »Mantras fürs Lehrerzimmer«. Schon Kleinigkeiten machen Ihren Alltag entspannter. Man muss nicht ständig den Dienstherrn mit Boykottdrohungen und Brandbriefen erpressen und völlig überzogene Forderungen stellen. Stattdessen ein Plakat mit Sonnenuntergang ins Klassenzimmer, ein Schälchen Aromaöl aufs Lehrerpult und Kräutertöpfe aufs Fensterbrett – schon sind Schüler und Lehrerin friedlich und konzentriert. Kauen Sie im Unterricht hin und wieder ein Blatt Koriander. Spüren Sie, wie das die Hirnströme belebt?

Ihr neues Leben beginnt frühmorgens beim Zähneputzen. Sagen Sie Ihrem Spiegelbild etwas Nettes, z.B. »Ich bewundere dich!«. Auch die Wahl der Kleidung beeinflusst Ihre Stimmung. Nein, nicht schon wieder betongrau und erdbraun! Warum nicht mal rote Unterwäsche mit kleinen Bären drauf? Das zaubert ein Lächeln in Ihr Gesicht! Eine orange Bluse macht gleich viel unternehmungslustiger. Lackieren Sie jeden Fingernagel in einer anderen Farbe. Gurke im Gesicht und auf dem Frühstücksbrot erfrischt! Haben Sie sich für die große Pause einen Spieß mit sechs Sorten Obst gebastelt, eine Thermoskanne mit heißem Wasser gefüllt und ein paar

Gläser Gemüsedip angerührt? Dann kann es ja losgehen. Allerdings nur, wenn Sie am Vorabend Ihre Ängste und Zweifel auf kleine Zettel geschrieben und selbige auf dem Balkon verbrannt haben.

Im Lehrerzimmer greifen Sie erst mal in die Energiebox. Dort sammeln Sie und Ihre Kollegen Weisheiten, mit denen Sie sich gegenseitig stärken. Spielen Sie im Morgenkreis nicht immer biedere Kinderlieder, sondern Ihre Lieblingsmusik: etwa »I want to break free«! Haben Sie Handschmeichler und Massagebällchen eingesteckt? Überbrücken Sie brenzlige Situationen, indem Sie damit kneten. Auch ein Beißring hilft, Wut und Frust abzubauen. Tränken Sie eine Mullwindel mit Lavendelöl und riechen Sie mit geschlossenen Augen daran, wenn Patrick Ihnen mit seinem Gekippel und Gezappel auf den Keks geht. Wechseln Sie häufiger den Fokus. Fixieren Sie abwechselnd die Krähe auf dem Dach und Oskar in der ersten Reihe, der wieder kein Arbeitsmaterial dabei hat. Atmen Sie tief und bewusst und trinken langsam zehn Schluck heißes Wasser, bevor Sie auf Cheyennes Unflätigkeiten reagieren.

Unterricht muss nicht kräftezehrend sein! Trainieren Sie Ihre Beckenbodenmuskulatur, wenn die Schüler etwas im Internet suchen. Machen Sie isometrische Übungen und Finger-Yoga. Gehen Sie abwechselnd auf den Zehenspitzen und auf den Außenkanten der Füße durchs Klassenzimmer. Erkunden Sie Ihre Akupressur-Punkte an Hinterkopf und Oberschenkel. Verwöhnen Sie sich heimlich mit einem heißen Fußbad hinterm Lehrerpult.

*meinUnterricht.de*

## Hier noch ein guter Tipp:

## Die neue Art der Unterrichtsvorbereitung

**Qualität**

✓ Wir bieten Ihnen tausende hochwertige Materialien der Fachverlage AOL, Auer, Bergedorfer, Raabe, Persen und Friedrich

✓ Alle Materialien sind online verfügbar und sofort einsetzbar

**Organisation**

✓ Maximale Mobilität: Bereiten Sie Ihren Unterricht online vor, wo und wann immer Sie wollen

✓ Verwalten Sie Ihre Materialien auf einem digitalen Schreibtisch

**Suche**

✓ Finden Sie schnell und treffsicher genau die Materialien, die Sie für Ihren Unterricht benötigen

✓ Nutzen Sie die intelligenten Filter für individuelle Suchprofile

Nach fünf Stunden empfiehlt sich ein kleines »Power-Napping« in der Sporthalle oder im Materialraum. Sehr belebend sind auch barfuß durchgeführte Aufsichten. Steigen Sie in den Pausen zu Ihren Schülern auf die Kletterwand (Seltsam, noch nie bin ich auf die Idee gekommen, mit meiner Klasse auch mal privat zu reden und zu scherzen! Da muss erst der Ratgeber »Mensch werden, Mensch bleiben – das Handbuch für die Bildungsfront« erscheinen!).

Gestalten Sie Ihre schulischen Rückzugsräume, also die Lehrertoiletten, gemütlich und ästhetisch. Kaufen Sie Palmen und Farne, Spitzengardinen und weiches Klopapier. Malen Sie die Klobrillen bunt an.

Selbst öde Konferenzen werden zur Wellnessoase, wenn Sie unter dem Tisch Fußroller aus dem Orthopädiefachgeschäft einsetzen. Oder sammeln Sie mit den Zehen Murmeln ein, wenn Ihr Direktor über die nächste Evaluation / Inspektion / Reform doziert. Bringen Sie Ihren Balance-Sitzball mit. Wer zwingt Sie, Ihr Arbeitsleben auf wirbelsäulenfeindlichen Holzstühlen zu verbringen? Tragen Sie im Schulgebäude Gesundheitsschlappen und Massagesandalen. Man darf die Bedeutung der Fußreflexzonen nicht unterschätzen!

Und abends halten Sie in Ihrem Schmunzelbuch alle Situationen fest, die Ihnen heute ein Lächeln entlockt haben!

# Gelassen durch die »Pupertät«

Leises Schnarchen dringt aus der letzten Reihe. Ich suche nach einem Stück Kreide, aber ich konnte noch nie gut zielen. Von seinem Sitznachbarn unsanft geweckt, murmelt Bruce: »Ich bin in der Pubertät, ich brauche viel Schlaf!« Dustin raschelt unter dem Tisch mit Papier: »Ich bin krass im Wachstum, ich muss essen!« Ich lasse ihn kauen. Ich lasse auch Kassandra meinen Unterricht »scheißlangweilig« finden. Ich weiß ja, was los ist: Die Pubertät, gern »Pupertät« geschrieben, befällt über Nacht ganze Schulklassen. Erfahrungsgemäß im 7. und 8. Schuljahr.

Das kindliche Gehirn wird während dieser Phase zu einer Baustelle, auf der sich Wände und Stützpfeiler ständig verschieben. Synapsen fuchteln in der Gegend rum, Hormone toben durch den mutierenden Körper. Der/die gebeutelte Jugendliche ist nicht in der Lage, das Verhalten angemessen zu steuern. Das körperliche Wachstum ist dem geistigen bisweilen Jahre voraus. Marlene präsentiert dem Lehrpersonal ausdauernd ihr Dekolleté, aber in der Pause gräbt sie versunken im Sandkasten. Man kann die Pubertät einfach aussitzen, die Super-Nanny rufen oder einen Erziehungsratgeber kaufen. »Teenager – Wesen von einem anderen Stern?«

Jung müsste man noch mal sein? Um Himmelswillen! – »Pubertät ist der Zustand, in dem Erwachsene anfangen, schwierig zu werden«, ritzt Nike auf ihren Tisch. Jugend-

liche entwickeln verschiedene Strategien, um in dieser belastenden Zeit mit Erwachsenen umzugehen. Einige Knaben werden apathisch und stellen die Kommunikation ein. Sie lassen sich die Haare ins Gesicht wachsen und fühlen sich bei jeder harmlosen Frage unendlich belästigt. Andere stellen sich so dumm, dass man auch sie irgendwann in Ruhe lässt. Die pubertären Aktivitäten im Unterricht sind mannigfaltig: Dennis imitiert Tierstimmen, Pavel malt gurkenähnliche Gegenstände, Mona beobachtet im Taschenspiegel die Entwicklung eines Pickels, Ina schreibt Tagebuch. Schultaschen sind bei den Mädchen out. Kleine Handtaschen mit Schminkzeug reichen völlig. Manche Schüler fühlen sich ständig angegriffen und werden pampig. Andere entwickeln Allmachtsphantasien und duzen ihre Lehrer. Die Schulleistungen sinken rapide. Der Klassenraum wird zu einer olfaktorischen Erlebniszone: Körpereigene Duftstoffe, Zigarettenaroma und süßes Rasierwasser überlagern sich. Nach dem Sportunterricht kommt jede Menge Deo-Spray zum Einsatz.

Bei vielen Mädchen äußert sich die Pubertät im gnadenlosen Beurteilen des eigenen Körpers. Anscheinend verfügt jede Familie über einen doofen Bruder, der seine Schwester zielsicher zu ärgern weiß: »Du hast ja Zellulitis!« oder »Mann, ist dein Hintern fett!« Mädchen in der Pubertät tragen deshalb riesige Hosen oder knoten sich selbst im Sportunterricht eine Jacke um die Taille.

Max versteht seine Mitschüler nicht mehr. Er macht weiter Hausaufgaben und beteiligt sich eifrig am Unterricht.

Er brüllt nicht unmotiviert auf, rennt nicht beleidigt raus und spielt nicht mit Rasierklingen. Die anderen »Kerle« lachen, wenn er mit piepsiger Stimme ein Gedicht aufsagt. Wahrscheinlich setzt seine Pubertät erst mit voller Wucht in der 10. Klasse ein. Er wird in jede Richtung zwanzig Zentimeter wachsen und sich an seinen Mitschülern für Spott und Ungemach rächen. Mit Sicherheit werde ich deshalb jede Woche ein ernstes Gespräch mit ihm führen. Und meinen Kollegen beneiden, der in die Erwachsenenbildung entflohen ist.

»Seit David in der Pubertät ist, kann ich überhaupt nicht mehr mit ihm reden. Er ist anmaßend und unverschämt«, beklagt sich Frau Reimann am Elternsprechtag.

»Ach ja« seufze ich, »und ich habe eine ganze Klasse voller Davids.«

Frau Reimann führt triumphierend an, dass ich die Klasse nur acht Wochenstunden hätte. Sie müsse die Pubertät ihres Sohnes fast rund um die Uhr ertragen.

Aber wenn David 18 Jahre alt wird, ist bei Familie Reimann die Pubertät vermutlich ausgestanden. Ich bekomme dann eine neue 7. Klasse. Mich holt die Pubertät ständig wieder ein, spätestens im Lehrerzimmer, wenn sich alle lautstark zanken, wer diesmal die Jahrgangsarbeit entwirft, und Frau Kallmund in Tränen ausbricht, weil es sie trifft.

# Kiffen Sie eigentlich?

## Junglehrer und Honorarkräfte

»Schüler haben hier keinen Zutritt! Geh bitte raus!« – Vielleicht habe ich auch nur unfreundlich »Rrraus!« geknurrt, ich habe es verdrängt. Das Mädchen am Kopierer dreht sich um: »Ich bin keine Schülerin, ich bin PKB.« Wie peinlich.

PKBs sind Stundenkräfte aus der sogenannten »Personalkostenbudgetierung«. Sie füllen derzeit alle möglichen Lücken an den Schulen. Unser Kollegium hat seit ewigen Zeiten keine Junglehrer mehr gesehen, deshalb halten wir alles unter Vierzig für Abiturienten. Mein Fachbereichsleiter gesteht, dass er in der Pause einen »neuen Schüler« auf den Hof schicken wollte. Der wehrte sich heftig, er war auch »PKB«.

Seit Schuljahresbeginn haben wir fünfzehn neue Kollegen und Kolleginnen verschiedenster Qualifikation an unserer Anstalt. Ein Mann unterstützt als Ein-Euro-Kraft den Hausmeister. Er jätet und gräbt mit delinquenten Jugendlichen im Schulgarten und kann sie dabei in ihren jeweiligen Muttersprachen domestizieren, ich meine natürlich »anleiten«. Er ist ein erfahrener Lehrer, hat seine Prüfungen aber in einem fernen Land abgelegt. Bei uns werden sie leider nicht anerkannt.

Eine andere PKB fühlt sich an unserer Sekundarschule sichtlich unwohl. Sie hat doch die Studienratslaufbahn

# KARRIERE

## WIR SUCHEN SIE! IHRE CHANCE!

## PKB IN VOLLZEIT
### mehrere hundert freie Stellen.

**Ihre Aufgaben:**
Sie erbringen eine hochwertige, sozialpädagogisch wertvolle Dienstleistung, Sie sind gewohnt, teamorientiert bis zu 60 Stunden pro Woche und auch an Abendstunden zu arbeiten.
Sie sind offen für gruppenübergreifende Arbeit und für intensive Einzelbetreuung.

**Ihre Qualifikation:**
Dynamisch, gesund, belastbar, immer fröhlich, privat versichert, überaus erfahrenen, examiniert, ca. 20Jahre alt, mit Eigen- und Führungsverantwortung.
Erzieherische Kompetenzen, kreativ, excellent in mindestens 4 Fremdsprachen.
Immer eine unschlagbare IT-Lösung zur Hand.
Ungebunden und mobil. Gute Kenntnisse in der Anwendung von testpsychologischen Verfahren sowie in der Familienpsychologie.

**Unser Angebot**
Eine pädagogosch wertvolle Herausforderung. Es erwartet sie eine lebenshunrige Gemeinschaft junger Schüler und Schülerinnen.
Vergütung angelehnt an das Ehrenamt. Sie sind ein Förderfall.
**Ihre Zukunft beginnt jetzt!**

eingeschlagen! Das betont sie bei jeder Gelegenheit. Dann grinsen wir Älteren ein wenig, denn bei uns laufen etliche Studienräte rum, und durchaus nicht nur strafversetzte, sondern auch solche, die sich ganz bewusst für eine andere Schulform als das Gymnasium entschieden haben.

Dafür grinsen die Jungkräfte heimlich, wenn wir Altgedienten verzweifelt Lesebrillen, Schlüssel und am Computer die Umschalttaste für @ suchen.

Unter diesen Stundenkräften befinden sich auch zwei Frauen, die alle Hürden des Referendariats erfolgreich bewältigt haben und jetzt verblüfft konstatieren, dass andere »Lehrer« ganz ohne pädagogische Ausbildung in den Schuldienst gelangen. Wir haben z.B. jetzt einen Bierbrau-Ingenieur und eine promovierte Sinologin mit »an Bord«, die sich um Jugendliche mit Schuldistanz kümmern sollen. Sie haben zur ersten Konferenz ein rohes Ei mitgebracht und dies als gutes Mittel zur Sensibilisierung für Lehrer und Schüler propagiert. Das Ei muss man den ganzen Tag bei sich tragen und darauf achten, dass es abends noch heil ist.

Ein junger Chemiker mag keine pubertären Ungeheuer und wehrt sich mit harten Zensuren und inflationären Tadeln. Nach drei Monaten rettet er sich an die Bundesanstalt für Materialprüfung.

Eine Planstelle oder einen unbefristeten Vertrag hat niemand von den Neuen. Trotzdem dürfen sich einige sofort als Klassenlehrer engagieren, etwa in der berüchtigten Spezialklasse, die nur aus Wiederholern besteht. Die Neuen hoffen, dass sie nach dem ersten Halbjahr nicht schon wieder gehen müssen. Deswegen stürzen sie sich in die unbeliebte Gremienarbeit und trauen sich nicht, Nein zu sagen, wenn sie noch zwei Überstunden und noch zwei Schüler übernehmen sollen.

Die älteren Kollegen träumen hoffnungsfroh vom Wiederauferstehen der GEW-Betriebsgruppe: »Wir haben doch jetzt so viele frische Kräfte, die bringen Schwung in den Alltag!« Die Sportkollegen hoffen auf eine neue, starke Lehrer-Fußballmannschaft. Seit Jahren können sie nämlich nur noch beim Volleyball gegen die Schüler gewinnen – weil sie da strategisch überlegen sind.

Ich beobachte mit Interesse, wie griesgrämige, mürrische Männer mutieren. Für ihre gleichaltrigen Kolleginnen schreiben sie unfreundliche »Bedienungsanleitungen für Frauen« an Beamer und DVD-Player, so dass man glatt die Frauenbeauftragte einschalten müsste. Bei der Begegnung mit jungen Kolleginnen haben sie dagegen Kreide gefressen. Stimmlage und Diktion werden hilf- und wehrlos. »Vorsicht, das ist unser Ober-Chauvi«, verrate ich einer jungen Kollegin spöttisch. Der ältere Kollege, der sonst nicht auf den Mund gefallen ist, wird rot. Wie rührend!

Den neuen Kräften stellen unsere Schüler Fragen, die sie sich sonst nicht trauen würden. Aber vielleicht interessiert sie bei den älteren Lehrern die Antwort auch weniger. »Frau Fleischmann, sind Sie lesbisch?« – »Frau Kantaro, Sie wirken immer so tiefgründig, ständig wollen Sie über das Unbewusste reden. Sagen Sie mal, kiffen Sie eigentlich?«

Die beiden Befragten lachen sich darüber im Lehrerzimmer halb tot und entschwinden leider nach kurzer Zeit auf Planstellen in Hamburg. So nach dem Motto »Berlin? Ich bin doch nicht blöd!«

Für sie springen zwei pensionierte Kollegen ein, die sich daheim langweilen. Sie sitzen beim Mittagessen gern bei unseren «Senior Partners«, die zum ehrenamtlichem Streitschlichten ausgebildet sind. Ja, man kann Schule fast ohne reguläre Arbeitskräfte betreiben! Der Vorteil dabei sind nicht nur die geringeren Kosten, nein, die Schüler werden bei ständigem Personalwechsel viel wendiger und flexibler.

Eine der jungen Kolleginnen kommt mit einer Spendendose vorbei. Ihr Co-Tutor wird nächste Woche dreißig. Die Senioren wehren ab: »Wer sind Sie denn? – Nee, bei uns wird erst ab 50 gesammelt. Das ist ein Konferenzbeschluss!«

# »Und die Lehrer schauen weg!«

## Bequemer leben

Lange habe ich meine wahren Intentionen hinter einem Minimum an Engagement und Eifer verborgen. Habe neben meinem Unterricht ein paar Förderpläne geschrieben, einen Hausbesuch durchgeführt und eine dreitägige Klassenfahrt organisiert. Aber die Presse ist mir auf die Schliche gekommen: Kern aller politischen, ökonomischen und sozialen Probleme sind die Lehrer. Bis auf wenige Leuchtturmpädagogen, die mit Prämien und Preisen belohnt werden. Aber die meisten meiner Kollegen und Kolleginnen sind laut Presse Künstler im Ignorieren und Wegschauen.

Wozu sich also weiter verbiegen? Genau – am liebsten unterrichte ich biodeutsche Mädchen, die Katharina oder Marie heißen. Die pflegeleicht sind, eine schöne Handschrift haben, keine F-Wörter kennen und Pferde lieben. Marie und Katie gehen nach der Schule zum Ballett-, Hockey- und Klavierunterricht. Sie malen mir zum Geburtstag Bilder von Lillifee und freuen sich, wenn ich was in ihr Poesie-Album schreibe. Testosteron im Klassenzimmer nervt nur. Kevin, Kenan und Kolya sind anstrengend und betreuungsintensiv. Sie quälen mich mit ihrer notorischen Unruhe, machen keine Hausaufgaben und krakeln bei Klassenarbeiten nur unleserlich rum. Kein Wunder, dass sie keinen vernünftigen Abschluss bekommen.

Ich bin Lehrerin geworden, weil ich es bequem und sicher haben wollte. Sisyphos stand nie auf meiner Vorbildliste. Der Mann beim Arbeitsamt fand damals auch, dass es keinen besseren Beruf gebe: Wo sonst habe eine Frau so viel Freiraum für Haushalt und Kinder? Leider heckt die Presse täglich neue Zumutungen aus, denen sich Lehrer gefälligst stellen sollen. Alles, was Kindseltern, RTL, FDP und Internet versaubeuteln, sollen die Lehrer richten. Nicht mit mir.

Ich beherrsche nach jahrelanger Übung den peripheren Blick über das große Ganze und zerreibe mich nicht in Kleinkram. Habe ich Outdoor-Pausenaufsicht, drehe ich der Kletterwand den Rücken zu und unterhalte mich mit dem neuen Physikkollegen. Warum soll ich meine wertvolle Pause damit verbringen, Prügeleien zu verhindern? Lieber schließe ich mit den Zuschauern Wetten darüber ab, wer gewinnt. Und anstatt in den Raucher- und Kiffer-Nischen die Stimmung zu verderben, rauche ich eine mit und beschwichtige aufgeregte Eltern: »Kiffen ist in dem Alter ganz normal. Machen Sie sich keine Sorgen um Benny, er ist ein souveräner User!«

Journalisten wünschen sich inbrünstig, dass Lehrer mit ihren Schülern zusammen Mittag essen. Sehen die lieben Kleinen nämlich Wildreis und Gemüse auf dem Lehrerteller, ernähren sie sich auch gesund. Glücklicherweise kann ich bei unserem Mensabetreiber im Lager essen, ganz in Ruhe, ohne dass mir jemand auf den Teller schielt. Ich habe keine Lust, rund um die Uhr Vorbild zu spielen.

Zeitgleich mit der Schlussklingel schnappe ich meine Taschen und lasse sämtliche Schüler stehen, die mich mit ihren Extrawünschen und Klagen behelligen wollen. Ich wähle den Hinterausgang beim Sportplatz. Dort kann ich unbemerkt entwischen und werde nicht mit Mobbing-Opfern und Komatrinkern konfrontiert, muss nicht in religiöse oder politische Auseinandersetzungen eingreifen.

Meine Lieblingsjournalistin regt sich immer wieder darüber auf, wie viele Schüler schwänzen und wie wenig Lehrer dagegen unternehmen. Warum sollte ich auch Schüler zurück ins Boot zerren, die mir und ihren Mitschülern nur auf den Keks gehen? Ich bin froh, wenn Kimberley und Maik während des Unterrichts ins Einkaufszentrum gehen. Dort lernen sie so viel für ihr späteres Konsumentenleben! Schade, dass ich von den Shopping-Arkaden keine Provision für schwänzende Schüler bekomme.

Als ich Schwänzern noch hinterherjagte, riet mir ein weiser Herr vom Jugendamt, das Problem einfach auszusitzen. Irgendwann habe auch ein Schwänzer seine Schulpflicht erfüllt. Für diesen guten Rat möchte ich mich hier ausdrücklich bedanken! Auch dem Postboten, der keine Lust auf seinen Job hatte und die Briefe im Keller lagerte, ein großes Dankeschön. Seit ich seinen Trick kenne, lege ich alle Klassenarbeiten im Keller ab. Erst, wenn übereifrige Schüler danach fragen, beginne ich zu korrigieren oder rede mich damit raus, dass mein Hund den Stapel zerkaut hat.

Ein inniger Dank auch an meine Lieblingsjournalistin, die mir den Zugang zu meinem wahren Ich ermöglicht hat. Steter Tropfen höhlt den Stein. Seitdem ich realisiert und umgesetzt habe, dass es unter Lehrern haufenweise Flaschen, Feiglinge und Versager gibt, unterrichte ich viel entspannter. Denn: »Ist der Ruf erst ruiniert, lebt's sich gänzlich ungeniert.«

# Auf der Couch – auch Schulleiter leiden

*Liegen Sie bequem so, Frau Dr. Lohmeyer? ... Schlie-ßen Sie die Augen und konzentrieren Sie sich ganz auf Ihren Atem ... Spüren Sie ihm nach, wie er Ihren Kör-per durchströmt ... Gleichmäßig und warm ....Lassen Sie Ihre Gedanken wandern ... Sie wandern in die Schule, in Ihr Amtszimmer ...Gleich gongt es zur großen Pause ... Ich merke, wie Ihr Atem stockt! Ihre Hände verkrampfen sich! Was passiert gerade mit Ihnen?*

Mist. Ich habe nicht rechtzeitig das Weite gesucht. Ich verstecke mich sonst im Materialraum der Putzfirma, bis die Pause vorbei ist. Kollege Glöckner hat mich auf-gehalten. Er ruft aus dem dritten Stock an: »Wann gibt es endlich Hitzefrei? Mein Thermometer zeigt über 40 Grad!« Bestimmt hat er es in die pralle Sonne gelegt. Ich sage ihm das auf den Kopf zu. Da meldet er sich krank. Dabei hat er noch fünf Chemiestunden. Ich bitte Kolle-gin Merck, eine davon zu übernehmen. Sie kreischt ins Telefon: »Immer ich! Immer ich! Nur, weil ich so blöd bin und alles mache, ohne zu klagen. Andere müssen nie ran. Ich halte das nicht mehr aus! Ich beschwere mich beim Personalrat!«

Kollege Brümmer kann leider auch keine Vertretungs-stunde übernehmen, weil er seine Brille vergessen hat. Die Hitze wallt von meinen Füßen hoch in den Kopf. »Warum sind Sie denn so rot?«, fragt die Sekretärin, die den üblichen Stapel Post reinbringt: Sonderangebote für Kletter- und Wasserparks, Klassenfahrten nach Uruguay

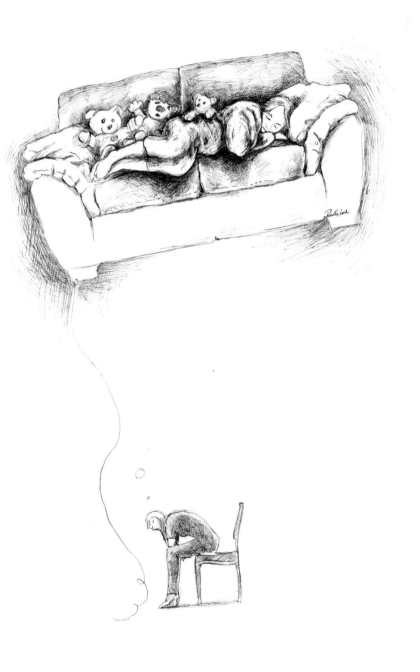

und Tibet, Wettbewerbe, Kulturangebote und Schreiben von Rechtsanwaltskanzleien, die für unsere verkannten Talente Abitur und Promotionszulassung erkämpfen wollen. Was nicht im Poststapel der Sekretärin liegt, kommt als Mail auf meinem Laptop an, ungefähr hundertmal am Tag.

Zeitgleich mit dem Pausengong wird die Tür aufgerissen. Zehn Leute stürzen in mein Büro. Die Hausmeisterin fuchtelt mit einem Wasserrohr herum. Anscheinend ist Marvin mal wieder aus dem Unterricht geflogen und hat sich im Gebäude nützlich gemacht. Kollege Röder zerrt einen Schüler hinter sich her. »Der will mir sein Handy nicht geben! Nimm du es ihm ab!« Der Schüler hält mir grinsend sein Handy hin. Vermutlich hat er noch eins als Ersatz in der Hosentasche. Ich lege das Teil in die Grabbelkiste zu der anderen Beute: Handys, Jagdmesser, Schreckschusspistolen und Würgehalsbänder.

Frau Stolze, die Fachleiterin für Englisch, die gern zum Petzen kommt, wartet geduldig, dass sich das Rudel im Dienstzimmer auflöst. Herr Sommer fordert meine Unterschrift unter einen Tadel, damit es so aussieht, als hätte ich die Maßnahme verordnet. Herr Özgur will früher gehen, weil er zum Arzt muss. »Ich habe Rücken!« Ich spreche meine Freude darüber aus, dass Frau Zäuners Dackel wieder gesund ist und sie sich zum Dienst zurückmeldet.

»Was ist denn hier bitteschön falsch?« Herr Walter fuchtelt erbost mit einem Protokoll herum, das ich nicht akzeptiert habe. Ich drücke ihm einen Duden in die Hand und widme mich der Gesamtelternvertreterin. »Es gibt dringenden Gesprächsbedarf!«, trompetet die. Das kenne ich. Sie will in Ruhe mit mir über andere Eltern und Kollegen tratschen. Das Telefon klingelt seit fünf Minuten. Ich gehe nicht ran. Daraufhin hämmert auf meinem Handy das Intro zu »Satisfaction« los. Wahrscheinlich findet mein Mann seine Autoschlüssel nicht. Aber es ist Kollegin Jahn aus dem ersten Stock. Sie klagt, dass es kein Toilettenpapier mehr gibt. Außerdem werde in ihrem Klassenraum nie hinter den Heizkörpern gewischt. Ich solle das mal der Hausmeisterin sagen.

Zwei Schülerinnen beklagen sich über die Handschrift und andere Ungerechtigkeiten des neuen Deutschlehrers. Frau Stolze schließt die Tür hinter ihnen, weil sie mir eine streng vertrauliche Mitteilung machen muss. Die besteht darin, dass die junge Referendarin zu enge Hosen trägt. »Man kann wirklich **alles** sehen! Die Schüler werden in ihrem Unterricht ganz unruhig! Können Sie sie nicht mal offiziell belehren, dass man so nicht vor eine Klasse tritt?« Ich bitte um interkollegiale Klärung. Frau Stolze ist beleidigt und schmettert die Bürotür zu. Leider hat ein wartender Schüler die Hand im Türrahmen. Schrille Schreie.

Die Erste-Hilfe-Lehrerin wird gerufen. Jeder ihrer Auftritte ist großes Theater. Sie leitet nicht umsonst den Kurs Darstellendes Spiel. Auf meinem Schreibtisch wird das Operationszubehör ausgebreitet. Der weinende Knabe tropft. Ich kann kein Blut sehen und flüchte auf die Toilette. Wie dem Rattenfänger von Hameln folgt mir ein Schwanz von Bittstellern, Klägern und Querulanten. Frau Hammer kann ich kurz vor der Klotür abwehren. Ich halte die Spülung gedrückt, damit ich ihr Lamento nicht höre.

Sie wartet, bis ich wieder rauskomme. Schülerin Samara hat ihr einen Vogel gezeigt. »Das kann ich gut verstehen«, murmle ich beim Händewaschen. Wann gongt es endlich zur Stunde? Wann verschwinden sie endlich in ihren Klassenzimmern? Im Sekretariat streiten sich zwei Sportkollegen, wer als erster mit mir reden darf. Sie zerren aneinander rum. »Ich war zuerst da!« – »Aber ich habe was ganz Dringendes zu klären!« Als ich an ihnen vorbei will, trifft mich ein Ellbogen im Magen. An mehr kann ich mich nicht erinnern …

Da fällt mir ein guter Witz ein: Wissen Sie, was der Unterschied zwischen meiner Schule und Ihrer psychiatrischen Anstalt ist? – Die Telefonnummer.

(Der Inhalt dieses Textes entfaltet sich am besten, wenn Sie bei der Lektüre»They're coming to take me away hahaa« von Napoleon XVI aus dem Jahre 1966 hören!)

# Copy and paste

## Überall Plagiatsvorwürfe

Paul geht in die 8. Klasse und ist Redakteur unserer Schulzeitung. Ich habe allerdings noch nie mit eigenen Augen gesehen, dass er einen Artikel verfasst hat. Zumindest nicht in den zwei Stunden, die sich unsere Redaktion montags im Computerraum trifft. Dort surft Paul kichernd im Internet, rollt auf seinem Drehstuhl durch den Raum und hält die anderen von der Arbeit ab, indem er ihnen lustige oder eklige Websites zeigt. Ich habe dadurch immerhin gelernt, was »Body Modification« oder »Gangnam Style« ist. Sonst hätte ich mal wieder keine Ahnung gehabt, was die Welt bewegt. Glücklicherweise hat sich bisher kein Redaktionsmitglied die Zunge spalten oder die Ohrläppchen annähen lassen, auch hüpft niemand wie ein Cowboy durch den Raum und schwingt eine imaginäre Peitsche.

Einmal hat Paul unter meiner Aufsicht einen Witz für die Schulzeitung aufgeschrieben. Der war ganze drei Sätze lang und hat mich mindestens zwanzig Mahnungen gekostet. Abgedruckt haben wir den Witz nicht, weil ihn niemand außer Paul lustig fand. Aber alle 14 Tage bringt Paul großartige Artikel mit: über Klimawandel, über gesunde Ernährung, über Meditation, Navigation und Globalisierung. Ohne Grammatikfehler, ohne stilistische Holper.

»Sag mal, Paul, wie heißt eigentlich dein Vater mit Vornamen?«, frage ich scheinheilig. »Ingo«, antwortet Max und gibt sofort zu, dass Vati ihm bei den Texten »hilft«. Ich finde, gerechterweise sollte Ingos Name unter den Artikeln stehen. Paul meint treuherzig, dass er gar nicht zur Schulzeitung wollte, sein Vater hätte ihn dazu genötigt. Ich kann Vater und Sohn davon überzeugen, dass Paul in der Arbeitsgemeinschaft »Trommeln« besser aufgehoben ist.

Dafür kommt Chloe in die Redaktion. Sie schreibt im Akkord Liebesgedichte. Die anderen Jungredakteure sind von soviel Gefühl und Lebensweisheit ergriffen. Ich hingegen habe seltsame Déjà-vu-Erlebnisse. Ich gebe Kernstellen aus Chloes Bekenntnislyrik im Internet ein und finde Songtexte von Nena, Annett Louisian und Rio Reiser. Chloe ist empört. Sie hat nicht geklaut! Sie hat die Texte doch umgearbeitet!

Im Redaktionsbriefkasten landen Aphorismen von Murat. Ich lese bei unserer nächsten Sitzung einen vor, der mich ein wenig rührt (Murat ist nämlich sonst ein aggressiver Kampfhahn): »Wenn du eine Träne wärst, würde ich nie mehr weinen, um dich nicht zu verlieren«. Indira sieht mich verächtlich an: »Das ist aus dem Internet. Sehen Sie mal unter Handy-Sprüchen nach!« Sie hat leider Recht. Auch Murats andere Aphorismen finde ich dort. »Geistiges Eigentum? Was ist das denn?« Murat hat keinerlei Schuldgefühle. Das liegt natürlich daran, dass ihm seine Lehrer keine »Medienkompetenz« vermittelt haben ….

Durch die Arbeit bei der Schulzeitung ist meine »Medienkompetenz« allerdings enorm gestiegen. Wenn mir ein Schülertext besonders gut gefällt, gehe ich ihn erst mal »googeln«. In der Regel werde ich fündig. Ein Oberstufenschüler aus meinem Geschichtskurs hat ganze Passagen aus dem Internet übernommen und sie wortgetreu in seine Klausur über die Konferenz von Jalta eingeflochten. Ich gebe ihm eine Fünf plus. Immerhin hat er sich große Mühe beim Auswendiglernen gegeben. Oder hat die Klausuraufsicht Zeitung gelesen und die technischen Hilfsmittel der Schüler übersehen?!

Kurz vor den Zeugnissen wacht Benny auf und will unbedingt noch ein Referat anfertigen. Aus leidvoller Erfahrung klug geworden, gebe ich zu bedenken: »Es reicht aber nicht, wenn du einfach ein paar Seiten aus dem Internet ausdruckst. Du musst das Referat in deinen eigenen Worten formulieren, unbedingt die Quellen nennen und den Text der Klasse vortragen!« »Och nö«. Halten möchte Benny das Referat eigentlich nicht. Notgedrungen stellt er sich zwei Wochen später vor die Klasse und liest einen Text über das Sozialverhalten von Erdmännchen vor. Ich kenne Bennys Formulierungskünste. Kein einziger Satz ist von ihm. Die Quellen hat er leider vergessen. Er kann keine einzige Zwischenfrage beantworten. Trotzdem möchte er, dass seine Bemühungen honoriert werden. Ich frage, was ich so wohlwollend zensieren soll? Dass er weiß, was eine Suchmaschine ist? Dass er einen Drucker bedienen und Bilder aufkleben kann? Dass er des lauten Lesens mächtig ist?

Benny und seine Mutter sind sehr wütend. Was kann der Junge dafür, dass jemand sein geistiges Eigentum auf www.clevere-schueler.de gestellt hat? Die Mutter droht mit dem Schulamt. Hoffentlich hat der Schulrat – im Gegensatz zu anderen Persönlichkeiten des öffentlichen Lebens – seine Promotion selber verfasst und steht auf meiner Seite!

PS: Malcolm war letztens hochgradig sauer. Sein Freund aus der Parallelklasse hat Malcolms Zweier-Aufsatz abgeschrieben, mit ein paar Fehlern verziert und als seinen eigenen eingereicht. Und dafür eine Eins bekommen!

# Schule macht dumm!

## Experten klagen an!

Jedes Kind ist ein Genie. In ihm lauern jede Menge Potentiale und Talente. Hungrige Hirnzellen wollen Futter. Mit leuchtenden Augen betritt der Erstklässler die Schule. Er will alles lernen, alles ausprobieren, alles wissen. Er will die Welt entdecken und gestalten. Er will seine Soft Skills verfeinern und im Team arbeiten. »Wie funktioniert denn nun die Photosynthese?«, fragt er bereits am zweiten Schultag die Lehrerin.

Nur wenige Jahre reichen indes, um Schulkindern Begeisterung und Neugier auszutreiben. Kindlicher Lerneifer mutiert zu Passivität und Desinteresse. Dicke, faule Teenager hängen in den Stühlen und wollen vom Lehrkörper überhaupt nichts mehr wissen. Sobald die Schulzeit vorbei ist, vergessen sie spontan 90 Prozent des Lernstoffs, weiß der berühmte Hirnforscher Hüther (»Inzwischen wundere ich mich selbst, wie viele Bücher, Texte, Interviews und sonstige populärwissenschaftliche Beiträge ich inzwischen verfasst habe«, verkündet er stolz auf seiner Website).

Neurobiologen, Journalisten, Eltern und Philosophen beklagen regelmäßig, dass Deutschlands Lehrerinnen und Lehrer diesen traurigen Wandel verursachen. Wie gelingt ihnen das bloß? Eigentlich doch eine erstaunliche Leistung, der kindlichen Lernfreude so effektiv entgegenzuwirken. Dazu gehören viel Sturheit und Willenskraft. Man kann nicht oft genug einen Nachbarn zitieren, der bei unserem ersten Zusammentreffen befriedigt feststellte: »Die Dümmsten aus meiner Klasse sind Lehrer geworden!«

Diese unterbelichteten Lehrer haben nie ein ehrliches Erwachsenenleben geführt, sich nie dem Wettbewerb der freien Wirtschaft gestellt. Am wohlsten fühlen sie sich dort, wo ihnen niemand über den Kopf wächst: in der Schule – weit weg vom wahren Leben. So der breite Konsens, wenn es um Lehrer geht – egal, ob in Printmedien, Chats oder auf Grillfeten.

Der Weg zurück in die Schule ist zunächst steinig und schwer. Pädagogische Feuerwerker an Universität und Seminar verlangen eine Menge. Vor allem Dinge, die sie in der Praxis selber nie erprobt haben. Im Referendariat muss sich der Lehramtskandidat noch richtig um Methodenvielfalt bemühen. Natürlich weiß er da schon, dass modischer Firlefanz wie Lernbuffets wenig bringt. Sobald er fest im Schulsattel sitzt, vergisst er alle methodischen Finessen. Er legt Scheuklappen an, schiebt alle Lerninseln beiseite und schwingt die Peitsche des Frontalunterrichts. Über Nacht schließt er sich der geheimen Verschwörung der Lehrerschaft an: Wie merze ich im Kind nachhaltig Neugier und Lerneifer aus? Wie mache ich aus interessierten Schülerinnen und Schülern dröges, dumpfes Mittelmaß? Wie stutze ich den Wildwuchs von Freiarbeit und Binnendifferenzierung?

Endlich kann sich der fest angestellte Lehrer selbst verwirklichen, d. h. die eigene Unfähigkeit verschleiern: mit Zensuren drohen und Wohlverhalten erzwingen, alle über einen Kamm scheren, sortieren und auslesen. Die ihm ausgelieferte Klientel steckt der Lehrer vom ersten Tag an in Schubladen: Mädchen sind fleißig, Jungen faul und intelligent, Kevin, Chantalle und Orhan werden es nie zu etwas bringen, der Sohn vom Kunstprofessor schaut schon so pfiffig, und wo die Tochter der Kellnerin landet, ist eh klar. Hochbegabung hält der Lehrer für eine fixe Idee der jeweiligen Eltern, ADS für reine Erziehungsdefizite. Von Fortbildungen lässt er die Finger: »Diese Schulflüchtlinge wollen mir erklären, wie Unterricht geht? Die halten doch selber keine fünf Minuten vor einer 9. Klasse durch!«

Statt den Schülerflüsterer zu geben, spielt der Lehrer lieber Feuerlöscher. Jede noch so kleine Flamme im Schülerhirn wird konsequent erstickt. Frei von Selbstzweifeln zieht der Lehrer seinen Stoff durch, beruft sich auf Lehrpläne, Vorgaben und Vorgesetzte – und auf die Allgemeinbildung, die er angeblich vermitteln muss. Er ist erst zufrieden, wenn alle Schüler brav vor ihm sitzen und im gleichen Tempo von der Tafel abschreiben. Dass das deutsche Schulsystem wegen dieser Arbeitshaltung in wenigen Jahren zusammenbrechen wird, wie es Dr. Hüther aus Göttingen prophezeit, ist ihm herzlich egal. Dann ist er hoffentlich schon pensioniert und kann grinsend in der Zeitung lesen, wie Professor Hüther durch seine Potentialentwicklungscoachs das Bildungswesen rettet: »Jedes Kind ist hoch begabt, wir müssen es nur erkennen. Lernen muss so schön sein, dass Kinder weinen, wenn sie Ferien haben.«[1]

---

1  So bei Amazon die Ankündigung zum Werk von Gerald Hüther und Uli Hauser: »Jedes Kind ist hoch begabt. Die angeborenen Talente unserer Kinder und was wir aus ihnen machen«, erschienen 2012)

# Ein tolles Spiel!

## Klassenfahrt und Dschungelcamp

Ein schöner Tag im Spreewald geht zu Ende. Die Sonne hängt glutrot über den Wiesen. Mein Kollege und ich sitzen vor der Jugendherberge und »chillen«, soweit eine Klassenfahrt das zulässt. Die Schüler wollten unbedingt ein wenig Freizeit haben, und in der Tat kann man sie nicht 24 Stunden lang ununterbrochen beschäftigen, kontrollieren und bewachen. Wir haben eine lange Floßtour und eine Fahrradfahrt mit allerlei Aufregungen hinter uns: Angriffe mordlustiger Mücken und Libellen, Durchfallattacken im Kanu, Asthmaanfall beim Radfahren, ein elektrischer Zaun um eine Kuhweide. Nun ruhen sich unsere Großstadtkinder in den Zimmern aus. Denken wir.

Auf einmal erscheint Cemal kichernd im Türrahmen: »Frau Frydrych, ich liebe Sie!« Dann rennt er schnell weg. Wir grinsen. Die Schüler spielen anscheinend Flaschendrehen und Pfänder auslösen. Wie niedlich. Ich gehe Cemal hinterher. So ein Geständnis muss doch angemessen erwidert werden! Einige Schülerinnen und Schüler freuen sich diebisch, als ich Cemal ebenfalls meine Liebe erkläre.

Eine leicht hysterische und angespannte Stimmung liegt in der Luft. Sie spielen »Wahrheit, Pflicht oder Konsum«. Das sagt mir nichts. Aber das Spiel ist so fesselnd, dass sich ein großer Teil unserer 7. Klasse nachts in den Duschräumen und Toiletten trifft und dabei so fröhlich ist, dass wir Lehrer wach werden und vergrätzt feststellen, dass überall ausgerolltes Klopapier liegt, Duschen und Klo als Parcour-und Plantsch-Landschaft gedient haben. Überall Wasserpfützen und schwarze Fußspuren. Wieder beginnt ein Morgen mit Primärsozialisation, Gardinenpredigt und Drohungen.

Im Laufe des Tages kommt Patrick spuckend und würgend von einem der Spreearme hinter der Jugendherberge zurück. »Ich musste fauliges Wasser trinken«, stöhnt er begeistert. Ich frage ihn, ob er noch ganz dicht ist. »Aber ich musste es doch tun!« Auf unserer anschließenden Wanderung durch Feld und Wald stelle ich viele Fragen, die meine Schüler bereitwillig beantworten.

Bei ihrem spannenden Spiel darf sich der, der an der Reihe ist, aussuchen, ob er Wahrheit, Pflicht oder Konsum wählt. Bei »Wahrheit« wird vor allem das Gefühlsleben evaluiert: »Wen aus der Klasse liebst du? Wen hasst du? Hast du es schon einmal getrieben?« Die Schüler reagieren empört auf meinen Einwand, dass man sich durch Schwindeln doch wunderbar vor solchen Enthüllungen drücken könne. Es gibt für sie einen geradezu militärischen Ehrenkodex, nach dem auf keinen Fall gelogen werden darf. Schade, dass dieser Ehrenkodex nur für dieses Spiel gilt.

Wählt man »Pflicht«, muss man etwas Unangenehmes oder Ekliges tun. Meine Schüler fressen Gras und Dreck, wälzen sich im Gebüsch oder auf der sumpfigen Wiese, kauen etwas weiter, was ein anderer vorher im Mund hatte, stecken sich die Finger in die Nase, und ein anderer leckt sie ab. Das ist mehr als erstaunlich, haben doch dieselben Kinder beim Essen voller Empörung kleinste Fusseln im Joghurt reklamiert. Und ich habe mir am Vorabend Sorgen gemacht, weil drei Kinder unter heftigen Bauchschmerzen litten!

Jeder hat bei dem Spiel 20 Sekunden Zeit zu zögern, danach wird die Aufgabe noch drastischer. Bei »Konsum« darf man sich aus drei ekligen Herausforderungen eine aussuchen. Während eines Spieldurchgangs kommen alle drei Varianten dran: Wahrheit, Pflicht und Konsum. Bei Letzterem machen auch wir Lehrer mit, ohne es zu ahnen. Der jeweilige Spieler muss uns erklären, dass wir stinken, oder uns irgendeine andere Frechheit ins Gesicht flöten. Eine wirkliche Mutprobe, kann ich da nur sagen. Gut, dass es keiner gewagt hat. Cemals Liebeserklärung war ja vergleichsweise harmlos.

Zora-Lena erklärt mit glänzenden Augen, dass es auch noch die schweinische Variante gibt, aber da würden nicht alle mitspielen. Was man da tun muss? Dem anderen an die primären und sekundären Geschlechtsteile gehen, Zungenküsse üben oder sehr intime sexuelle Spielarten imitieren. Der Pornoschrank daheim ist anscheinend frei zugänglich. Ich bin schwer begeistert über die Phantasie meiner Schüler, die in Deutschaufsätzen eher nicht zum Tragen kommt, sage aber aus erzieherischen Gründen, dass ich ihre Ideen ekelhaft und würdelos finde und nicht verstehe, warum sie bei so etwas mitspielen.

»Das macht einfach Spaß!« – »Wie? Es macht dir Spaß, Dreck und Angekautes zu essen?« – »Nein, es macht Spaß zuzusehen, wenn andere das tun müssen.«

Mein Kollege knurrt: »Na, endlich! Dschungelcamp und JackAss sind im Kinderzimmer angekommen! Fresst weiter Scheiße, Leute, Milliarden Fliegen können nicht irren!«

Was wohl die Eltern zu diesem Spiel sagen? »Mein Vater würde lachen!« Da ist Zora-Lena ganz sicher. Und unsere Elternvertreterin meint ungerührt: »Jeder gesunde Kindermagen braucht drei Pfund Dreck im Jahr!«

Glücklicherweise haben nicht alle Schüler mitgespielt. Einige aus Angst, andere aus ethischen Gründen. Das lässt doch hoffen!

# Nie wieder!

## Klassenfahrten sind eine Zumutung

»Nie wieder!« schwöre ich, als sich unsere 7. Klasse grußlos und ohne ein Wort des Dankes in alle Winde zerstreut. Ganz früher waren Klassenfahrten Bildungs-reisen mit Besichtigung von Kirchen, Museen und Tropf-steinhöhlen. Und heute? Viele Fahrten sind anstrengende Psycho-Camps und Sozialisationsmarathons geworden. Manche Kollegen fahren deshalb gar nicht mehr mit ihren Klassen weg. Die Schüler erwarten »hundert Pro-zent Fun«. Dabei stören Lehrer eigentlich nur, weil sie elektronisches Spielzeug verbieten und stattdessen Na-turerlebnis, Briefeschreiben und eigenes Musizieren in Aussicht stellen. Ein Vater stöhnt auf dem Elternabend: »Das ist ja wie vor hundert Jahren!«

Die Küche der Jugendherberge will vorher wissen, wie viele Kinder kein Schweinefleisch essen. Lisa teilt bei der Gelegenheit mit, dass sie nur Gegrilltes zu sich nimmt, und Finn erklärt sich spontan zum Vegetarier. Arne empfindet es als Zumutung, dass ihm am Zielort keine eigenen sanitären Anlagen zur Verfügung gestellt wer-den. Denise bringt ein ärztliches Attest bei, demzufolge sie nur mit iPod einschlafen kann. Da wir das nicht ak-zeptieren, näht sie ihre Elektronikwaren in ein Plüschtier ein – das gesteht sie uns hinterher mit triumphierendem Grinsen. Und ich habe mich die ganze Zeit gewundert, wieso etliche Schülerinnen und Schüler abends noch mit ihren Kuscheltieren ins Bett gehen …

Eine Klassenfahrt gewährt einem Lehrer viele Einblicke, die er eigentlich gar nicht haben möchte. Es fängt beim Essen an. Das Buffet ist innerhalb weniger Minuten bekleckert und vollgekrümelt. Der Lärm im Speisesaal ist enorm. Warum müssen Kinder, die nebeneinander sitzen, so brüllen? Anton kaut die ganze Zeit mit weit geöffnetem Mund und weiß anscheinend nicht, welchem Zweck Messer und Gabel dienen. Die ersten Schüler sind fertig und rennen raus. Sie sind pikiert, dass sie warten sollen, bis alle gegessen haben. Viele reich belegte Brötchen landen im Abfall. Stepan fällt es schwer, nach dem Essen die Tische abzuwischen. Wahrscheinlich hat der kleine Prinz noch nie einen Putzlappen berührt. Er hält das klatschnasse Teil zwischen zwei spitzen Fingern und sieht ganz grün im Gesicht aus. »Bei uns zu Hause machen das die Frauen«, beklagt er sich bei meinem Kollegen. Der verkneift sich die heimliche männliche Solidarität, weil er auch keinen Ärger mit mir will. Gleich nach dem Abendessen gibt es ein Klassengespräch über das Benehmen bei den Mahlzeiten. Leider muss dieses Gespräch mehrfach und nachdrücklich wiederholt werden.

Beim Gute-Nacht-Sagen stellen wir fest, dass zwei Jungen auf den nackten Matratzen liegen. Es war ihnen zu anstrengend, die Bettlaken aufzuziehen. Andere finden das tägliche Waschen zu anstrengend. Als Ersatz benutzen sie jede Menge Deospray. Der Flur riecht wie eine explodierte Drogerie.

Wir Lehrer müssen bei jeder Gelegenheit erziehen, mahnen und schimpfen. Unsere Regeln werden eher als unverbindliche Vorschläge angesehen. Fast nichts funktioniert ohne Druck und Zwang. Auf der Landstraße hintereinander gehen? »Wieso das denn? Die Autofahrer sehen uns doch.« Beim Kanufahren aufeinander warten? So ein Quatsch. Als die letzten Boote im Wasser sind, paddeln die ersten längst außer Hörweite. Strenge Vorschriften beim Radfahren? Wie albern. Finn übt neben einem Lastwagen ein paar Vollbremsungen und fährt fröhlich plaudernd neben seinem Freund her. Wie immer halten wir unsere Versprechen: Die Klasse muss die Fahrräder in die Jugendherberge schieben.

Bei einer Erkundungstour gehen unsere Schüler voraus. Sie hinterlassen eine deutliche Spur aus hart gekochten Eiern, Bananenschalen und Papiertüten. Alle paar Minuten halten wir die Klasse zum Mülleinsammeln an. Kein Abend vergeht ohne Mahnungen und »aversive Reize« (»Strafen« sind in der modernen Erziehung ja verpönt …). Selbst als erfahrener Lehrer ist man verblüfft, welche Selbstverständlichkeiten man thematisieren muss.

Täglich leidet ein Kind unter Bauch-, Kopf- oder Heimweh, muss ein weinendes Mädchen getröstet werden. Wie eine Krankenschwester verteile ich morgens auf Wunsch einiger Eltern Pillen und Globuli und überwache die Einnahme. Erstaunlich, wie »krank« Kinder heutzutage sind.

Bauchschmerzen und Diarrhoe müssen natürlich gerade dann auftreten, wenn wir nur von Landschaft und Wasser umgeben sind. Weit und breit keine Toilette. Auf keinen Fall geht Denise hinter einen Baum! Arne steht im schwankenden Dreierkanu und brüllt. Er hat eine Spinne gesehen! Den großen, kräftigen Jungen hat eine richtige Panikattacke erfasst. Wir brauchen eine Viertelstunde mit therapeutischem Gespräch und nachweislichem Spinnenmord, ehe Arne schwer atmend bereit ist weiterzupaddeln. Keine Nacht können wir durchschlafen. Die ständige Unruhe nervt auch etliche Schüler, die morgens blass und übernächtigt aussehen. Die Drohung, früher abzureisen, beschert uns immerhin <u>eine</u> ruhige Mahlzeit. An dem Abend diniert eine religiös gefestigte Erwachsenengruppe mit im Heim und ist ganz angetan von unserer angenehmen und gut erzogenen Klasse. In ihren Gesichtern steht die stumme Frage: Warum klagen Lehrer eigentlich immer über ihren Job?

Am letzten Abend entdecken einige Jungen die einheimische Konkurrenz. Glücklicherweise bleibt es nur bei verbalen Drohungen. Wir können die kampfbereite Dorfjugend, die vorm Heim Stellung bezieht, mit sanften Worten zum Abdrehen bewegen und sind heilfroh, dass wir am nächsten Tag endlich abreisen.

Schade, dass Eltern nicht als unsichtbare Zuschauer auf so einer Klassenfahrt dabei sein können. Nicht nur Ballermänner und Fußballfans fühlen sich in der Gruppe stark und sicher, auch schüchterne Schüler wandern nachts durch den Notausgang ins Freie oder stellen sich auf Klobrillen, um die Aktivitäten in der Nachbarkabine beobachten zu können – obwohl in der 7. Klasse die anale Phase eigentlich abgeschlossen sein müsste. »Sieh mal, da könnten wir mit unserer Klasse auch mal hin!« Mein Kollege zeigt mir einen bunten Prospekt. Ich verdrehe die Augen. »Nie wieder Klassenfahrt!« – Nie wieder? Eigentlich müssten unsere Schüler einmal im Vierteljahr so eine Fahrt machen, um soziales Verhalten und Solidarität zu lernen. »Erwerb von Sozial- und Selbstkompetenz« heißt das in Pädagogikkreisen.

Einer Familie schreibe ich nach der Fahrt, was für ein Lichtblick ihr Sohn Matthias ist. Er hat vier Geschwister, aber keinen eigenen Fernseher. Die Eltern unternehmen viel mit ihren Kindern. Matthias ist bei der Freiwilligen Feuerwehr und im Ruderverein. Er packt an, wenn es nötig ist, geht mit anderen höflich um, sagt aber auch mal ein deutliches Wort. Fernsehsendungen mit Dieter Bohlen oder Heidi Klum sind ihm unbekannt, dafür kennt er Tiere, Pflanzen und begeistert sich für Technik.

PS: Und dann habe ich es doch wieder getan. Ein Jahr später waren wir mit unserer Klasse in einem englischen Sprachcamp in Thüringen. Und im nächsten Jahr fahren wir in die Türkei. Mittlerweile wissen unsere Schüler, dass wir Lehrer unsere Regeln ernst meinen und alle viel bessere Laune haben, wenn die Regeln eingehalten werden …

# Klassenfahrten sind toll!

Die Eltern meiner Schüler haben es endlich begriffen und wünschen mir vor der Klassenfahrt in die Türkei keinen »schönen Urlaub« und keine »gute Erholung« mehr, sondern eine konfliktfreie Zeit und sonniges Wetter. Zumindest die drei Eltern, die uns am Flughafen begrüßen. Die anderen zehn Eltern kennen uns Lehrer nicht (mehr) und bleiben mit ihren Kindern in gebührendem Abstand stehen. Sie begrüßen uns auch nicht, als wir nach zehn Tagen morgens um 6.00 Uhr zurückkommen. Aber ihre Kinder haben bei mir in den letzten vier Jahren immerhin gelernt, kontextbezogen »guten Tag«, »bitte« und »danke« zu sagen.

Am Flugschalter möchten wir als Gruppe abgefertigt werden. Das bringt einige Wartende zum Giften. Wahrscheinlich gehen jetzt die letzten Sitzplätze weg und sie müssen im Stehen fliegen. Mein Kollege bietet ihnen freundlich an, sich zwischen unsere Schüler zu setzen. Das wollen sie aber auch nicht. Die meisten Passagiere sehen todunglücklich aus, als wir im Flugzeug ganz nach hinten durchgehen. Genau wie die Hotelgäste, die uns angstvoll beobachten, als wir in Alanya aus dem Bus steigen. Eine Schulklasse, Gott steh uns bei! Lauter Halbstarke. Das verspricht Lärm bis zum frühen Morgen, Partys, Alkoholexzesse, Streitereien, wenn nicht gar Schlägereien.

Gleich in der ersten Nacht beschweren sich sensible Gäste über meine Jungs aus Zimmer 109. Aber wie sich herausstellt, stammt das nächtliche Gegröle nicht von meinen Schülern, sondern von den Erwachsenen im nahen Foyer, die sich tapfer dem alkoholischen »All-inclusive-Angebot« stellen. Glücklicherweise schließt die Bar um 24 Uhr. Auch sind es nicht meine Schüler, die um vier Uhr morgens lautstark fernsehen, sondern die seltsame englische Lady und ihr bierbäuchiger Lover, die von früh bis spät durchs Hotel lallen und stolpern. Die beiden haben vermutlich kein einziges Mal das Meer gesehen. Meine Schüler versuchen freundlich, auf die stammelnde Lady einzugehen, bis ich ihnen sage, dass das Kommunikationsproblem nicht an ihren Englischkenntnissen liegt.

Gleich am ersten Abend schickt uns der Hotelmanager in einen entlegenen Speisesaal. Wahrscheinlich hat er Angst, dass wir anderen Gästen auf den Teller spucken. Allerdings ist das Buffet weit entfernt, und wenn meine Schüler dort ankommen, haben die Erwachsenen die leckersten Sachen bereits abgeräumt. Stapelweise Hühnchen und Schokoladentorte. Selbst, wenn die Teller dann halbvoll stehen bleiben. Hauptsache, kein anderer bekommt was ab! Salat und Gemüse sind gesund, tröste ich die lieben Kleinen, die enttäuscht in den übrigen Schüsseln suchen.

Die Akustik im Hotel ist vorzüglich. Man hört die Zimmernachbarn gurgeln und schnarchen, und eines Morgens werde ich von lauten Juchzern geweckt. Ich eile besorgt zum Pool. Im strahlenden Sonnenschein schubsen sich meine Schüler ins Wasser und fabrizieren gruppenweise »Arschbomben«. Das ganze Hotel sieht dem spannenden Schauspiel zu. Niemand meckert! Ein Herr reiferen Alters ist richtig gerührt. Er wohnt in Deutschland zwischen lauter älteren Menschen und hat lange keine jungen mehr erlebt. Er beschreibt uns, wo der schönste Strand der Gegend liegt, und ahnt nicht, dass er meine armen Schüler zu einem Zwölf-Kilometer-Marsch verurteilt.

Wir haben leider keinen Raum für uns allein, und so wird unser pädagogisches Animationsprogramm von den anderen Gästen interessiert verfolgt und kommentiert. Ich ärgere mich hinterher, dass wir nicht mit dem Klingelbeutel rumgegangen sind, wenn wir vorgelesen, gesungen oder getanzt haben.

Bei unserer Rallye durch die Altstadt hätten einige Gäste vermutlich gern mitgemacht. Sie filmen mit ihren Handys, was unsere Schüler anschleppen, vorführen und zeichnen. Die beste Unterhaltung bietet Aylins Geburtstagsfete. In meiner Multikulti-Klasse ist sofort Stimmung, als die Musik losgeht. Die Hotelangestellten mischen sich bei den türkischen Reihentänzen sofort unter unsere Schüler. Immer mehr Gäste kommen zum Zuschauen. Ich achte darauf, dass kein Fremder etwas von unserem Geburtstagskuchen abgreift! Dafür sollten wir erst 50 Euro zahlen, aber da wir sehr kostengünstige All-Inclusiv-Gäste sind (selten zum Mittagessen anwesend, kategorisches Verbot alkoholischer Getränke), hat uns das Hotel die Riesentorte mit den 16 Kerzen spendiert. Ein wenig mussten wir Lehrer bei dieser Entscheidung allerdings nachhelfen.

Viele Gäste begrüßen mich morgens mit »Frau Lehrerin« und wollen mir Anekdoten aus ihrer Schulzeit oder Betrachtungen zum Thema »Schule und Bildung« anvertrauen. Leider habe ich nie Zeit für diese anregenden Gespräche. Etliche Gäste loben unsere Schüler, die immer so nett grüßen und manchmal die anwesenden Kleinkinder betreuen. Wie gesagt: Schade, dass ich für unseren Service kein Geld gesammelt habe.

Mittlerweile hat der Hotelmanager unseren Unterhaltungswert erkannt. Wir dürften jetzt gemeinsam mit den anderen Gästen im Speisesaal dinieren. Der charmante Masseur würde einige unserer Mädchen kostenlos behandeln. Aber meine Schüler finden die Mahlzeiten mittlerweile im entfernten Asyl viel netter. Und wir Lehrer wollen nicht, dass unsere Schülerinnen massiert werden …

Als wir abfahren, winken uns alle Angestellten hinterher. Tja, wenn Engel reisen!

# Vom Himmel geschickt

## Meine Elternvertreterin

Frau Krötz kauft nicht die Katze im Sack. Bevor sie Goldsohn Harley an unserer Schule anmeldet, verhört sie meine zehnte Klasse, wie ich als Lehrerin so bin. Was für eine Fügung, dass Karol gerade drei Tage vom Unterricht suspendiert ist. Der würde mir mit Sicherheit keine fünf Sterne geben. Wir geraten regelmäßig wegen ethisch-sozialer Fragen aneinander. Karol spielt gern den Obersheriff. Mit vollem Körpereinsatz. Selbstjustiz hält er für ein völlig legitimes Mittel einer Demokratie. Unsere letzte Unterhaltung endete mit einer Beleidigung, die nichts für Zimperliche ist. Die Beleidigung kam übrigens nicht von mir, wie manche Leser jetzt vielleicht vermuten.

Frau Krötz hätte so ein »Schülerkompliment« vermutlich nichts gemacht. Sie ist burschikos und handfest. Sie sagt, die »Kids« vergreifen sich schon mal im Ton, aber das liegt auch daran, dass die Lehrer ihnen keinen Respekt entgegenbringen. Frau Krötz ist im ersten Anlauf Elternvertreterin meiner neuen 7. Klasse geworden. Da bin ich richtig froh. Es gibt Eltern, die niemals den Mund aufmachen, geschweige denn, einen Elternabend einberufen oder eine Schulkonferenz besuchen.

Frau Krötz nimmt die Fäden in die Hand. Sie lässt sich als Elternvertreterin sowohl für die Schulprogrammgruppe als auch für die Fachkonferenz Physik wählen. Und als Vorsitzende des Fördervereins. Schon nach kurzer Zeit weiß sie genau, was an unserer Schule alles falsch läuft. Die Telefonate, die der Planung dringender Treffen dienen, ziehen sich in die Länge. Frau Krötz lässt sich nicht mit lapidaren Ausreden abspeisen (»Ich muss noch korrigieren und unsere Klassenfahrt vorbereiten!«). Wenn ihre Nummer auf dem Display erscheint, geht mein Partner auf ein Bier in die Kneipe. Meist kehrt er zurück, bevor das Telefonat ein Ende gefunden hat. Frau Krötz kennt auch meine Handy-Nummer. So kann sie mich jederzeit aus dem Bett oder aus dem Fitness-Studio holen.

Frau Krötz vertritt eine wichtige Gruppe von Eltern, die im Schutz der Anonymität bleiben wollen. Man weiß doch, wie es an Schulen läuft. Wenn Eltern sich beschweren, rächen sich die Lehrer an den Kindern. Also trägt Frau Krötz diese Beschwerden vor, deren Relevanz und Wahrheitsgehalt sich nicht immer so leicht einschätzen lassen. Frau Krötz darf ja keine Namen oder Zahlen nennen. »Datenschutz, wissen Sie?«

So höre ich mir ratlos an, dass die Sportlehrerin die Mannschaften falsch einteilt und Herr Wesenberg einen Schüler unflätig mit »Sag mal, spinnst du?« beschimpft hat. Die Musiklehrerin hält die halben Noten nicht lange genug, und Herr Kilic hat im Chemieunterricht zweimal einen bestimmten Artikel verwechselt. Das darf einem Lehrer nicht passieren! Herr Kübel hat Merlin im Physikunterricht nicht aufs Klo gelassen und Manja mit Sonja angeredet. Wie will er gerecht zensieren, wenn er die Schülerinnen gar nicht kennt??? Die Klassenlehrerin (also ich …) hat das Attest einer Dauerschwänzerin angezweifelt. Die Eltern wollen jetzt die Ärztekammer einschalten. Frau Krötz distanziert sich von den Beschwerden. Sie zieht doch mit mir an einem Strick, aber was soll sie machen? Das ist nun mal ihr Job: Eltern zu vertreten.

Die Klasse selber weiß von diesen Beschwerden oft gar nichts und reagiert empört. Kein Mensch hat sich beklagt. Im Gegenteil, den türkischen Chemielehrer lieben alle heiß und innig, und auch auf die Musiklehrerin lassen sie nichts kommen. »Wer erzählt denn so einen Quatsch?«, fragt Sammy wütend. Harley, der Sohn der Elternvertreterin, malt konzentriert in seinem Aufgabenheft und macht keinen Mucks.

Anderen Lehrern würde Frau Krötz mit ihrem Überengagement und ihrem flotten Mundwerk vielleicht Angst einjagen. Sensible Kollegen würden in ihrem Fall sogar von Intriganz reden. Ich aber bin froh, dass ich Frau Krötz habe. Sie sorgt dafür, dass mein Blutdruck nicht zu niedrig ist, und macht meinen Alltag abwechslungsreicher. Ich freue mich, wenn sie nach Elternabenden noch mit ihrer Gesprächsgruppe in die Kneipe geht und alles genau erklärt, was ich als Lehrerin nur unverständlich und unvollständig dargestellt habe. Frau Krötz ist nämlich immer bestens über alle Schulinterna informiert. Sie ist nicht nur frei von jeglichem Selbstzweifel, sondern auch Datenschutz- und Computerexpertin. Sie ist eigentlich Expertin für alles: Kindererziehung, Ethikunterricht, Klassenfahrten und Reisebusse, passende Deutschlektüren, Stoffverteilungspläne, Aufsatzkorrekturen, Schulrecht, positive Schwingungen und Hundehaltung. Sie hat Beziehungen zur Presse, zu Senaten, zum Nahverkehrsverband und zu einem hohen Tier in der Wirtschaft, mit dessen Einflussmöglichkeiten sie gern droht.

Frau Krötz ist laut, dominant und frühpensioniert, sonst würde sie ihr volles Programm an unserer Schule gar nicht schaffen. Wann immer ich nachmittags oder abends einen Termin in der Schule habe, treffe ich auf Frau Krötz. Sie sitzt auf jeder Gesamtkonferenz, in jeder Schüleraufführung, sie vertritt unpässliche Eltern bei deren Gremiensitzungen. Sie schnitzt bei den Bundesjugendspielen Gemüse und Obst, sie bäckt bei Schulfesten Pommes frites und Waffeln. Sie kann überall mitreden und sie tut es auch.

Schade, dass diese Bereicherung verloren geht, wenn ihr Sohn Harley die Schule verlässt. »Nein, nein«, tröstet mich Frau Krötz. »Noch trennen sich unsere Wege nicht. Die Savannah kommt in zwei Jahren auf Ihre Schule, genau dann, wenn Sie wieder eine 7. Klasse übernehmen.«

# Der schöne Schein

## Potjomkinsche Dörfer für die Schulinspektion

Nach längerer Krankheit komme ich in die Schule zurück. Die zweite Stunde läuft gerade. Auf dem Hof ist es leer. Wirklich leer. Kein Müll liegt herum. Die Schüler haben wahrscheinlich Ehrfurcht vor all den frisch gepflanzten Rosenstöcken. Über dem Eingang hängt ein gigantisches Plakat mit der Aufschrift »Herzlich willkommen!« Ich bin gerührt. Das wäre doch nicht nötig gewesen!

Dass mir zu Ehren allerdings auch die Fensterfront in der Vorhalle geputzt wurde, kann ich mir trotz aller persönlichen Meriten nur schwer vorstellen. Auf jeder freien Fläche hängen säuberlich gestaltete Plakate, die unsere Unterrichtsaktivitäten dokumentieren. Neben der Bücherei steht sogar eine große Litfass-Säule mit Schulnachrichten. Die Fotogalerie des Kollegiums vorm Sekretariat ist erneuert worden! Ich reibe mir die Augen: Alle Kollegen frisch onduliert, in Pastellfarben getaucht und leutselig lächelnd. Nur bei meinem Namen klebt noch das alte Foto: schwarzer Pullover, Augenringe und Griesgram im Mundwinkel.

Im Lehrerzimmer leere Tische und kantenrein ausgerichtete Bestuhlung. Keine Prospektstapel, keine vermodernden Kaffeetassen, keine obskuren Plastiktüten. Die alten Jacken und Schals, die seit Jahren an der Garderobe verstaubten, sind verschwunden. Mein ausrangierter Regenschirm und die ramponierte Gitarre ebenfalls. Was ist hier los? Sind alle nach Finnland evakuiert worden? Mein Postfach ist das einzige, das überquillt. Hier stapeln sich die Blätter aus den Vertretungsstunden. Der vertretende Kollege hat den Schülern eine Aufgabe gestellt und mir den ganzen Kram einfach ins Fach gelegt – zur Strafe, weil ich krank war. Aber oh Wunder! Ich sehe nur korrigierte Übungen. Manche sogar mit aufmunternden Kommentaren versehen: »Weiter so, Jakkeline!«

Unsere Schulleiterin erscheint im Türrahmen. Weißes Leinen umspielt ihre Gestalt, die auffällig rot bemalten Lippen probieren ein falsches Lächeln: »Na, Frau Frydrych, auch mal wieder da? Sie schaffen es doch wohl bis Mittwoch, Ihren Klassenraum zu renovieren?!« Fragezeichen erscheinen auf meiner Stirn. »Meine Liebe, die Schulinspektion kommt in drei Tagen! Wir wollen beim weltweiten Potjomkin-Ranking nicht auf dem vorletzten Platz landen! – Im Souterrain finden Sie alles, was Sie zum Streichen brauchen!«

So einfach ist die direktoriale Sicht der Welt. Bevor ich im muffigen Dunkel des Kellers Farbeimer und Pinsel sichte, muss ich über meine alte Gitarre, diverse Umzugskisten, alte Fernseher und Bücherstapel steigen. Hier unten stehen jetzt auch die grünlich-blassen Hydrokulturpflanzen, die im ganzen Gebäude durch Kübel mit Tulpen und Narzissen ersetzt worden sind.

Im Musikraum neben meiner Klasse probt der Schulchor ein Lied mit dem hitverdächtigen Refrain: »Lernen und leben!« Hat unser Schulrat etwas Neues komponiert? Im Klassenraum sitzt mein Lieblingskollege, der im Laufe vieler Schuljahre einen gewissen Zynismus entwickelt hat. Er versucht, anhand seines Lehrerkalenders zu rekonstruieren, was er in den letzten Wochen im Unterricht gemacht haben könnte. »Schreibkonferenz zum Thema Tierschutz« notiert er mit Schönschrift in seinem leeren Kursbuch. Eine Methode, die er bisher begrinst hat. »Es ist nie zu spät dazuzulernen«, verkündet er, als er meine Irritation bemerkt. Doch keinerlei Ironie ist in seinen Augen zu erkennen.

Neben ihm liegen Aufsätze unserer Klasse, die ich längst korrigiert und mit den Schülern besprochen habe. »Die musst du für unser gestiegenes Qualitätsprofil noch einmal gründlich durchgehen und professionelle Kommentare darunter schreiben. Die Schüler sollen doch in ihrer Selbstevaluation eindeutige Unterstützung erfahren. – Außerdem musst du noch im Instrumentenraum Staub wischen! Aber feucht!«, erklärt er.

»Kennst du eigentlich Gogols Revisor?«, frage ich voller Unschuld.

»Mit deinem ständigen Spott desavouierst du nur unsere Schulkultur!«, weist er mich zurecht. »Denk lieber mal über Methodenvielfalt in deinem Unterricht nach!«

Ein Teil unserer Klasse entfernt gerade Aphorismen und Aktmalerei von den Tischen. Saskia und Philine versuchen, den schuleigenen Meerschweinchen die Zähne zu putzen. Die restlichen Schüler benoten derweil auf so einer Leck-mich-doch-Website die Lehrer der Anstalt (natürlich unter Aufsicht). Auf unserer schuleigenen Homepage blinkt und blitzt es vor lauter Links und animierten Männlein. Im Rahmen der Budgetierung hat die Schulleiterin zwei Computerexperten eingestellt. Alle halbwegs gelungenen Klimmzüge unserer Schüler stehen nun im weltweiten Netz. Vor allem aber die Kontakte mit unseren Partnerschulen in Ulan-Bator und Timbuktu. Und eine Lernplattform für den Ethikunterricht!

In der Mensa will ich mir zum Trost einen starken Kaffee holen und finde nur noch Hagebuttentee, Bio-Äpfel und Vollkornbrötchen mit Hüttenkäse.

Ich bin hier falsch. Eindeutig.

# Ameisenhaufen

## Schulinspektoren wirbeln Staub auf

Als hätte man mit einem Stock in einen Ameisenhaufen gepiekt! Eine ganze Schule gerät in kollektive Lehrprobenstimmung. Gestandene Kollegen fragen ihre Fachbereichsleiter: »Kann ich so was machen?« oder »Was ist eigentlich ein Portfolio?« Seit vier Monaten ist bekannt, dass die Inspektoren kommen. Ein stoischer Kollege erklärt, das sei in der freien Wirtschaft völlig normal. Wir sollten uns nicht so anstellen. Seine Frau arbeite in einem gigantischen Konzern und werde täglich kontrolliert. Er hat ja Recht, Schule ist auch nur ein Produktionsbetrieb mit Management, Bildungsressourcen, Kompetenzen, In- und Output. Der Humboldt'sche Bildungsbegriff ist so was von veraltet!

Ich ertappe den Kollegen, als er nach der 9. Stunde stapelweise Materialien kopiert. Ich frage unschuldig: »Findest du Stationenlernen nicht doof?« Er wird ein wenig rot und behauptet, die Kopien seien für seine Tochter, die als Referendarin ständig Lernbuffets, Puzzles, Tandem-Arbeitsbögen und Fishbowls (hä?) vorbereiten muss. Frontalunterricht würde der pädagogische Nachwuchs gar nicht mehr beherrschen. »Was für ein Glück«, denke ich, »Millionen Menschen sind durch Frontalunterricht nachhaltig geschädigt worden!«

Schon vor Jahren hat mich ein vorausschauendes Mitglied der Schulleitung geheißen, alle Schulzeitungen,

Projektunterlagen und Urkunden für eine eventuelle Inspektion zu archivieren. Nun schleppe ich die Kartons in die Schule. Im Sekretariat sortiert die neue Ein-Euro-Kraft sämtliche Presseberichte über unsere Anstalt, alle Anagramme und »Elfchen« unserer SchülerInnen, die in der »Bäckerblume« veröffentlicht wurden, jede Menge Wettbewerbe, Tabellen, Abiturthemen und Evaluationsberichte. Der stellvertretende Schulleiter trägt neuerdings immer sein Bundesverdienstkreuz. Er hat die grauen Haare überfärbt und seine Dauerwelle auffrischen lassen. Im vertraulichen Gespräch lamentiert er, dass man mit einem überalterten Kollegium natürlich nicht besonders innovativ sein könne.

Einmal in der Woche werden wir auf zusätzlichen Dienstbesprechungen »gebrieft«, worauf die Inspektoren achten werden. Aus entsprechenden Handbüchern bekommen wir Leitlinien, Fragebogen und Lösungsblätter. Uns wird »kommuniziert«, dass wir mehr auf unsere Kleidung und korrekte Mülltrennung im Klassenraum achten müssten. Ein Kollege behauptet, die Inspektoren kämen alle aus dem Osten, aber das glaube ich nicht.

Tag X kommt. Da hat man also ein paar Schulflüchtige in Anzüge gesteckt, und schon sind sie »Inspektoren«. Mit bitterernster Miene und Klemmbrett schreiten sie durch unsere Anstalt, erscheinen grußlos im Unterricht, verschwinden nach zehn Minuten und hinterlassen bei den Insassen ein wenig Irritation. In jedem Raum müssen sechs Stühle für sie bereitgehalten werden. Ich stelle den Polsterstuhl mit der gesprungenen Feder dazu. Sollen sie ruhig merken, unter welchen Konditionen wir arbeiten. Hoffentlich müssen sie oft telefonieren! Unsere Anlage funktioniert nämlich seit Wochen nicht.

Am Tag X dient die erste Stunde der »Kalibrierung«. Nie gehört, das Wort. Bis heute weiß keiner, ob es transitiv oder reflexiv verwendet wird, ob der beobachtete Kollege oder die Inspektoren Objekt oder Subjekt der Handlung sind. Als wir morgens erfahren, wer als Maßstab für alle anderen herhalten muss, macht sich gewisse Erleichterung breit. Die ausgewählte Kollegin (ein Jahr vor der Pensionierung) verschwindet hektisch, wischt im Raum die Tafel, rückt die Tische und Gardinen zurecht, tauscht noch schnell ein paar uralte Bücher aus und nennt die Schüler im Unterricht pausenlos »Meine Lieben«, was die Kinder schwer verunsichert, weil sie noch nie so angesäuselt worden sind. So merkt aber niemand, dass sie nicht alle Namen weiß.

»Waren sie schon bei dir?«, ist an diesem Tag die häufigste Frage im Kollegium. Zu manchen Lehrern kommen sie gleich zweimal. Vermutlich überprüfen sie, ob man in jeder Stunde dasselbe macht. Kollegen, die überraschend in einer fremden Klassen vertreten müssen, freuen sich besonders über einen Unterrichtsbesuch.

Nachmittags werden handverlesene Eltern interviewt. Sie erscheinen auch frisch onduliert und adrett gewandet. Die Gespräche unterliegen der Geheimhaltung. Glücklicherweise habe ich redselige Elternvertreterinnen. Sie sollten erzählen, ob unsere Rektorin zu weich ist. Ob sie beliebt ist. Ob die Eltern wöchentliche Rapporte über die Kompetenzentwicklung ihres Nachwuchses erhielten. Und ob sie diese Anstalt fliehen würden, wenn der Inspektionsbericht negativ ausfällt. Die Eltern wollen solche Fragen nicht beantworten. Nur die Frage, welche Kommunikationswege es für sie in die Schule gebe, beantworten sie angesichts der defekten Telefonanlage gerne: »Trommeln und Rauchzeichen«.

Im Lehrerinterview werden die auserwählten Kollegen süffisant damit konfrontiert, dass die Schüler ratlos auf die Frage reagiert hätten, nach welchen Methoden sie unterrichtet werden. »Tja«, sagt schließlich der Deutschfachleiter, »Sie hätten die Kinder halt nach instrumentellen Lernzielen fragen sollen, darauf hätten sie antworten können!«

Nachdem ich wochenlang darüber gespottet habe, wie Kollegen blindwütig alle Unterrichtsergebnisse laminieren und Tüten mit literarischen Schnipseln und binnendifferenzierendem Bildmaterial füllen, hat auch mich die Nervosität erwischt. Am Wochenende vor Tag X fahre ich nachts in den Copy-Shop an der Uni. In der Schule vermute ich zu Recht endlose Warteschlangen, fehlendes Papier und defekte Geräte. Alle meine Stunden habe ich für den Notfall in drei Varianten vorbereitet und trage schwer an Alternativmaterial und individuellen Arbeitsbogen.

Und? Kein einziger Inspektor verirrt sich zu mir!

Tags drauf erzählt die Hausmeisterin, sie hätte beim abendlichen Kontrollgang leise Hilferufe aus einem unserer Treppenhäuser gehört. Zwei der Inspektoren waren dort eingeschlossen und drückten verzweifelt gegen die Tür. An der Tür stand »Ziehen«, aber das hatten sie in ihrem Eifer übersehen. Die Hausmeisterin setzte die beiden frei.

Ich hätte sie eine Nacht im Treppenhaus gelassen …

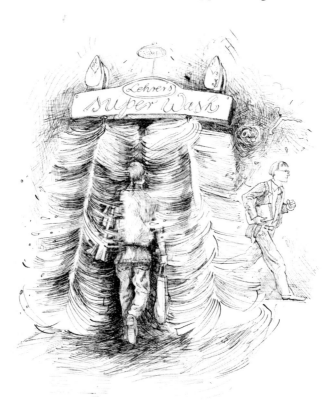

# Heute im Angebot!

## Fundstücke aller Art

»Hast du vielleicht mein T-Shirt gesehen?«, frage ich Kollegen Diepholz in der Gymnastikhalle. Nach der wilden Tanzstunde mit meiner Klasse muss ich es irgendwo vergessen haben, als ich mit Ghettoblaster, Sport- und Schultasche zurück ins Hauptgebäude gespurtet bin. Das T-Shirt muss ich unbedingt wiederhaben, da ist ein Zirkusdompteur mit einem brennenden Reifen draufgestickt. Kollege Diepholz schickt mich zum Materialraum. Dort entdecke ich auf einer Liege einen Berg von bunten Sporthosen, T-Shirts, Fußballhemden und Turnschuhen. »Na, hast du was Passendes gefunden?«, grinst der Kollege. Ich hebe gerade ungläubig eine Tanga-Badeschnur für den frühreifen Knaben hoch. »Da sind doch teure Sportschuhe dabei. Holt das keiner ab?«, frage ich. Nein, das holt keiner ab. Nur ganz selten kommt mal ein Schüler vorbei und sucht nach seinen Sachen. Das bestätigt mir auch der Hausmeister, in dessen Kabuff Rucksäcke, Jacken, ein Fahrradsattel und ein Hamsterrad auf ihre Besitzer warten.

Bürobedarf muss ich gar nicht mehr privat anschaffen. Im Klassenraum finden sich jede Menge Bleistifte, Radiergummis, Anspitzer und Schreibblöcke. Das alles hebe ich im Pult auf und frage hin und wieder, ob jemand etwas vermisst oder brauchen kann. Ich habe eine Sammlung von Frühstücksdosen mit und ohne Inhalt,

Salatschüsseln von der letzten Klassenfete, Handschuhe und Schals. Dazu ein Badehandtuch, eine Mozart-Büste, eine Rasta-Locke mit Klettverschluss, drei verschiedene Ohrringe und ein Armband mit Totenkopfanhängern – falls Ihr Kind so was vermisst.

Anscheinend kaufen viele Eltern klaglos neue Sachen, wenn die lieben Kleinen etwas »verloren« haben. Unser Schulleiter hat auch ein nettes Sammelsurium in seinem Tresor. Unter anderem sind da zwei Ninja-Wurfsterne, ein Abwehrspray, eine religiöse Kampfschrift und eine geflochtene Lederpeitsche vereint. Sicher kommen eines Tages die jeweiligen Eltern und nehmen die konfiszierten Schätze ihrer Sprösslinge an sich. Nach eingehender pädagogischer Beratung.

An unserer Schule gibt es 1000 Schüler und 120 Lehrer. Jede Klasse trifft sich zum gemeinsamen Unterricht nur in Musik, Kunst, in Gesellschaftskunde und Arbeitslehre. Alle übrigen Fächer werden in verschiedenen Leistungskursen unterrichtet. Dadurch wird der Klassenraum auch von anderen Gruppen mitbenutzt. Insofern lässt sich selten feststellen, wer etwas vergessen hat. Man bekommt aber auch leider nicht heraus, wer »Fuck you« in den Tisch geritzt, wer die Grünpflanze geköpft und wer an der Schranktür geschaukelt hat, bis die Scharniere brachen.

Wenn ich am Freitag gemeinsam mit meiner Klasse Schluss habe, hebe ich erst einmal das Kleingeld auf, das auf dem Fußboden verstreut liegt. Meine Schüler grinsen: Wer bückt sich schon nach Cent-Münzen? Dann räumen wir hinter der Säule im Klassenraum auf. Dort haben sich Meret und Gülcan eine kleine Schmuddelecke eingerichtet. Mit einem alten Radio und zwei ausrangierten Kissen. Ich drücke ihnen die Plastiktüten mit ihren Schulbüchern und den Cola-Pfandflaschen in die Hand. Sie sehen wenig begeistert aus, als sie das ganze Gepäck mitnehmen sollen. Eigentlich kommen sie immer nur mit einer zierlichen Handtasche zum Unterricht. Auch ihre Klassenkameraden, denen ich die müffelnden Sportbeutel umhänge, sind indigniert, dass sie so viel schleppen sollen. Sie hatten ihre Turnutensilien im oberen Schrank versteckt, wo ich nur mühsam mit einem Stuhl rankomme. »Sportzeug muss regelmäßig gewaschen werden!«, erkläre ich kategorisch. Ganz hinten in dem Schrank hat Julia zwei Klassenarbeiten deponiert. Warum soll sie ihren Eltern damit das Wochenende verderben? Micks Saxophon, eine Leihgabe der Schule, entdecke ich unter dem verstaubten Overheadprojektor. »Wie willst du denn zu Hause üben?«, lächle ich zuckersüß und überreiche ihm den Instrumentenkoffer. Lenny fegt den Raum noch frei von Chips, Sonnenblumenkernen und Krümeln. Als Svenja die Tafel trocken wischen will, traue ich meinen Augen nicht. »Gibst du wohl mein T-Shirt her?!« »Ich dachte, das ist ein Putzlappen!« mault Svenja.

Die Schüler wünschen sich die Schließfächer zurück, die es vor der Asbestsanierung unserer Anstalt gab. Da konnte man blindlings alles reinstopfen, was schwer und lästig war. Zu vielen Unterrichtsstunden kamen die lieben Kleinen zu spät, weil sie in ihrem überquellenden Fach erst lange nach Heftern und Büchern suchen mussten. Manchmal erfolglos, weil sie ihre Sachen auf die Schnelle im Fach eines Freundes deponiert hatten, der dann leider, leider krank war. Bedauerlicherweise konnte man auch keine Hausaufgaben machen, wenn man die Bücher im Schließfach »vergessen« hatte. Ausschlaggebend aber für die Abschaffung dieser Fächer war, dass ein paar räudige Mäuse in den Schulfluren Fangen spielten. Alle Schüler mussten danach ihre Schränke ausräumen, und was sich da an alten Bananen, Salamibroten und

Joghurtbechern fand, war beeindruckend. Ein Kollege berichtete sogar von einem toten Hamster.

Letzten Freitag habe ich auf dem Fensterbrett hinter der Säule einen iPod entdeckt. Bevor ich über seine weitere Verwendung (im Unterricht!) nachdenken kann, reißt ihn mir Sascha aus der Hand. »Oh gut, dass Sie den gefunden haben!«

Ein Wochenende ohne Schulbücher? Cool!

Ohne Musik? Unvorstellbar.

# Die Kunst der Präsentation

## Tipps für die Hand des Schülers

In der 10. Klasse sollst du ganz überraschend ein Referat halten. Ups, Referat heißt ja jetzt »Präsentation«. Du kannst dich dunkel an frühere Projektwochen erinnern, in denen ihr eure »Methodenkompetenz« erweitern musstet. An Themen wie »Runddörfer im Mittelalter« und »Die heimische Fledermaus« habt ihr mit bunten Plakaten »präsentieren« geübt. Du hattest damals andere Interessen. Dein Lehrer wollte dich abholen, wo du standest, aber du hattest keine Lust mitzugehen.

Nun beschwerst du dich zu Hause, dass du überfallartig etwas können musst, was du nie gelernt hast. Deine Eltern holen die Gebetsmühle vom Schrank und regen sich über unfähiges Lehrpersonal auf. Vati fordert in einem couragierten Brief an die Lokalzeitung Fortbildungszwang für alle Lehrer über Vierzig. Mutti kauft dir einen teuren Videokurs »Präsentationstechniken in der modernen Wirtschaft«.

Aber das ist gar nicht nötig. Alles Wichtige lernst du hier! Völlig kostenlos.

Deine Deutschlehrerin hat das Thema freigestellt. Das ist doch schon mal fein. Du hast bestimmt noch irgendwo ein Referat aus der 4. Klasse. Mit bedrohten Walen kann man auch in der Oberschule brillieren. Im

Internet findest du übrigens zu jedem Thema ausgearbeitete Texte. Für ein paar Euro kannst du ganze Diplomarbeiten runterladen. Aber Vorsicht! Manche Lehrer sind im Umgang mit dem Computer nicht ganz so dämlich, wie es immer in der Zeitung steht. Geradezu raffiniert spüren sie geklaute Zitate und Texte im Internet auf. Die meisten reagieren ausgesprochen humorlos, wenn sie fündig geworden sind.

Deine Präsentation rückt näher. Du hast dich noch keine Minute mit dem Thema befasst. Beim ersten Termin sagst du treuherzig, du hättest die Unterlagen bei deiner Oma vergessen. Beim Ersatztermin bist du indisponiert. In der nächsten Woche fehlt die Lehrerin. So hast du genug Zeit gewonnen, um deinen Text Wort für Wort auswendig zu lernen. Die Lehrkraft will ja nicht, dass du nur vom Blatt abliest.

Am besten entgehst du mündlichen Peinlichkeiten, wenn dir jemand eine Power-Point-Präsentation basteln kann, in der die Überschriften aus dem Nirwana purzeln, sich Bilder und Grafiken mosaikartig zusammensetzen und später wieder in ihre Einzelteile zerfallen. Medienfeuerwerke beeindrucken alle Lehrer! Und nicht nur die. Vielleicht hast du schon mal von diesem effektvollen Power-Point-Auftritt des amerikanischen Außenministers Powell vor der UNO gehört? Erwähn bei deinem Auftritt, dass du gern ein White Board zum Einsatz gebracht hättest, aber leider verfügt deine Anstalt ja nicht über zeitgemäßes Equipment.

Wenn sich in deinem sozialen Umfeld niemand mit Power-Point auskennt, greif auf Filmausschnitte zurück. Ach was, zeig einfach den ganzen Film. Denken ist mühsam, die Macht der Bilder aber unbestritten. Verteil umfangreiche »Handouts« und sorgsam gefaltete Flyer, um über Wissenslücken hinwegzutäuschen. Deine Lehrerin ist sichtlich gerührt über die Arbeit, die in deinem Plakat steckt. Wie bei einem Adventskalender ist hinter einzelnen Türchen verborgen, was deine große Schwester wichtig fand. So engagierte Schüler kann man unmöglich mit einer Fünf abspeisen, selbst wenn sie ihr Thema nur unzulänglich beherrschen.

Blöd sind Zwischenfragen. Sprich deshalb vorher eindringlich mit eurem Musterschüler, damit er die Klappe hält. Etwaige Unsicherheiten während des Vortrags übergehst du, indem du schnell und undeutlich redest. Beim dritten Nachfragen gibt selbst der hartnäckigste Lehrer auf. Wenn nicht, sind Hustenanfälle, Black-outs und Kreislaufschwächen angesagt. Erzähl der Lehrerin anschließend mit Tränen in den Augen, dass du Liebeskummer hast. Gut machen sich auch häusliche Alkoholprobleme. Pech hast du allerdings, wenn du in der Oberstufe an diesen alten Knaster gerätst, der Bildung statt Kompetenzen vermitteln will und von Humboldt schwärmt. Den kannst du leider mit Power-Point überhaupt nicht beeindrucken, der will Gliederungen, Argumentationslinien und eigene Gedanken statt gut getimter Effekte.

Viel Glück!

# Traumjob: Lehrer an einer Dorfschule

In der TV-Sendung »Hart, aber fair« geht es um die Arbeitsbelastung und Streikbereitschaft von Ärzten. Gegen Ende der Sendung verliest die Assistentin Zuschauer-Mails. Ein junger Mann schreibt, sein Vater sei Landarzt und arbeite in der Woche 80 Stunden. Er selber arbeite als Dorfschullehrer nur 30 Stunden pro Woche, verdiene aber mehr als sein Vater. Die Diskussionsrunde schaut verdutzt. Die Assistentin lächelt: »Das steht hier wirklich!«

Wo ist diese Schule? In einem Sprengel auf der schwäbischen Alb? In Bayern hinter den sieben Bergen? In einem Funkloch im Thüringer Wald? Im »Tal der Ahnungslosen« im Erzgebirge? Ich will sofort dahin! Da scheint die Welt noch in Ordnung zu sein! Kein Internetsignal, kein Privatfernsehen verdirbt das Familienleben. Lehrer und Pfarrer haben das Zepter noch fest in der Hand und die Jugend im Griff. Die Erwachsenen beugen das Haupt, wenn sie dem Lehrer begegnen. Sie bringen ihm Geselchtes und Selbstgebrannten. Die Schüler hacken sein Holz und jäten sein Unkraut.

Sozialisationsarbeit wird von Großfamilie, Karnevalsverein und Schützengilde geleistet. Jugendliche lallen abends nicht vorm Spätkauf rum, sondern engagieren sich im Fanfarenzug und bei der Freiwilligen Feuerwehr. Nur in so einer Umgebung könnte ein Lehrer eventuell mit fünf Arbeitsstunden pro Werktag auskommen …

Bei den paar Dorfschülern hat er nicht viel zu korrigieren. Ausführliche Elterngespräche und zeitintensive Konferenzen entfallen. Als Ich-Team fasst er sämtliche Beschlüsse mal kurz beim Bergwandern oder Pilzesuchen. Dieser Dorflehrer braucht in seiner Idylle keine Gewerkschaft, die für ihn Tarifverhandlungen führt und Altersermäßigung erkämpft.

Mein Mann grinst: »So ein Dorf gibt es höchstens bei Asterix und Obelix.« Das bringt mich noch mehr ins Grübeln. Ist der junge Lehrer aus »Hart, aber fair« ein Lebenskünstler, ein Zauberer? Schickt er Problemschüler einfach zu seinem Vater, dem Landarzt? Kein Wunder, dass der so überlastet ist. Vielleicht ist der junge Mann ein fauler Sack und es hat nur noch niemand gemerkt, dass sich in seinem Keller die Klassenarbeiten stapeln? Oder bei ihm greift endlich die neue anspruchsvolle Lehrerausbildung? Spitzenkräfte an der Uni vermitteln magische Methoden und didaktische Geheimrezepte, die das Lehrerleben so erleichtern, dass man nur noch gefühlte 30 Stunden arbeitet?

Schade, dass ich als Studentin solchen pädagogisch-didaktischen Superhirnen nie begegnet bin. Im Gegenteil, ich hatte das Gefühl, dass sich einige geradezu panisch an die Uni geflüchtet hatten, um ja nicht im Schulalltag zu landen – wo neuerdings mein Neffe arbeitet. Als Grundschullehrer in Berlin-Mitte. Er berichtet – als Berufseinsteiger noch halbwegs amüsiert – von seinen Erlebnissen, etwa von Eltern, die hilflose oder überhaupt keine Erziehungsversuche unternehmen.

»Was? Oguz hat immer dunkle Ringe unter den Augen? Weil er mit seinen älteren Brüdern bis 24 Uhr fernsieht? Das ist typisch mein Sohn! Er weiß genau, dass er um 21 Uhr ins Bett gehen soll!« Eine andere Familie wird gewarnt, dass ihr überalteter Viertklässler auf dem besten Weg in den Jugendknast ist. Die Mutter antwortet nicht ohne Stolz: »Ist gut so, da wird er ein richtiger Mann!«

Mein Neffe bringt seinen Schülern Dinge bei, für die früher mal Eltern oder Geschwister zuständig waren: Fahrradfahren. Eine ganze Drehung ohne umzufallen oder gegen eine Wand zu torkeln. Rückwärts laufen, Schnürsenkel binden, Nase putzen. Eine Schere, eine Gabel und einen Stift richtig halten. Er berichtet von einem Schüler, der in der Pause einen anderen anpinkelt. Und von einer Familienhelferin, die dazu meint: »Wir müssen uns fragen, was Malcolm damit zum Ausdruck bringen will!«

In der Klasse meines Neffen sind fünf Kinder mit offiziell anerkanntem Förderbedarf. Und weitere zehn, die eine Anwartschaft auf diesen Status hätten, wenn ihre Eltern am selben Strang wie die Lehrer ziehen würden. Der Kollege, der zur Unterstützung für die Förderkinder eingesetzt ist, wird vom Schulleiter häufig zum Vertretungsunterricht geschickt. Mein Neffe googelt, beamt und white-boarded nur so. Er baut Lerninseln und installiert Lernlandschaften. Seine Schüler schwirren emsig von Lernangebot zu Lernangebot und holen sich, was sie gerade brauchen. So steht es zumindest in seinem Methodikbuch.

Mein Neffe kopiert stapelweise fürs individuelle Lernen, bastelt Diktate, je nach Fehlerschwerpunkt der einzelnen Kinder. Hat im Lehrerzimmer 24 leere Keksdosen, für jeden Schüler eine. Bei der »Keksdosenmethode« bekommen die Kinder 20 laminierte Sätze. Jeder andere! Wenn sie einen fehlerfrei abschreiben können, werfen sie den Streifen in ihre Keksdose. Dieses Wegwerfen soll ungemein motivieren! Das ist nur eine der genialen Methoden, die mein Neffe beherrscht. Nebenbei schreibt er Förderpläne, Elternbriefe, Anträge für Klassenfahrten, Wandertage und Projekte. Rennt zu Fortbildungen auf der Suche nach dem ultimativen Ratgeber für Schüler wie Paul (11): »Nee, mach ick nich, schreib ich nich ab. Is **mein** Leben!« Mein Neffe ist verzweifelt, dass Berlin trotz all seiner Anstrengungen bei einem Leistungsvergleich der Viertklässler auf dem letzten Platz gelandet ist.

»30-Stunden-Woche? Ein Lehrer???« Mein Neffe zeigt mir einen Vogel. »Dass ich nicht lache. Dieser Leserbrief bei ›Hart, aber fair‹ war fingiert. Von einem Neidbürger, vermutlich einem Landarzt, der immer noch an den tollen Lehrer-Halbtagsjob glaubt!«

# Zum Knuddeln

## Sympathische Kollegen

Es ist komisch, diese Frau verfolgt mich! Sie verändert zwar bei jedem meiner Schulwechsel Haarfarbe und Kleidungsstil, verstellt die Stimme und trägt manchmal sogar eine Bauchattrappe, aber ich erkenne sie trotzdem immer: Frau Wichtig.

Frau Wichtig ist die einzige Kollegin, die arbeitet! Darunter leidet sie natürlich. An ihren langen Schultagen kommt sie kaum dazu, was zu essen oder zu trinken, geschweige denn, auf die Toilette zu gehen. Das erwähnt sie gern, wenn man gerade in seine Wurstsemmel beißen will. Manche Kolleginnen bringen dann schnell einen Kaffee oder eine Geflügelbulette in ihr Büro. Mit schlechtem Gewissen, weil sie selber genug Muße hatten, dreimal aufs Klo zu gehen und darüber hinaus noch ihren Lebenspartner anzurufen. Frau Wichtig klagt: »Mein Mann hat mich seit Wochen kaum gesehen, so viel sitze ich in der Schule!« Wer weiß, der ist vielleicht ganz froh darüber?

Frau Wichtig kennt keinen Zweifel. Nicht an ihren Vorgesetzten, nicht an »Innovationen« aus der Schuladministration und schon gar nicht an sich selbst. Unter einem großen Heiligenschein wandelt sie durch die Schule. Falsch, sie »wandelt« nicht. Sie schreitet mit Stechschritt durch die Flure. Man erkennt sie schon von weitem am

Knallen der Absätze: krach, krach, krach. Die Schüler flüstern: »Achtung, Frau Wichtig kommt!« und rennen schnell weg.

Manchmal nehme auch ich einen Umweg in Kauf, um ihr nicht zu begegnen. Sie kann nicht einfach freundlich grüßend ihres Weges ziehen, nein, sie muss jedes Mal stirnrunzelnd etwas anmahnen: »Denkst du bitte an das Protokoll der letzten Jahrgangssitzung?« – »Hast du schon die Zeugniskopien in die Schülerbogen geheftet?« – »Hast du dir auch die Hände gewaschen?« Da ich mir häufig die Hände wasche und jeden Tag Schülerbogen mit Aktennotizen fülle, stören mich überflüssige Mahnungen. Noch dazu, wenn sie mit schriller Diskantstimme vorgetragen werden. Dass es bei diesen Wortwechseln noch zu keinen Handgreiflichkeiten meinerseits gekommen ist, muss die Schulleitung bei der nächsten dienstlichen Beurteilung mal lobend erwähnen!

Frau Wichtig müsste Ermäßigungsstunden für interkollegiale Kontrolle bekommen. Wenn die Stühle in ihrem Raum nicht in Reih und Glied stehen, der Vorgänger seine drei Wörter nicht von der Tafel gewischt hat, ein zarter Bleistiftstrich einen Tisch verunziert, spürt sie die schuldigen Kollegen sofort auf und zerrt sie aus dem Unterricht. Sie führt ihnen alte Kaugummis, Kürbiskerne und Papierschnipsel auf dem Fußboden vor: »Was machst du bloß für einen Unterricht, wenn du so etwas nicht merkst!« Dem Kollegen, der auf dem Weg zur Aufsicht noch ein, zwei Konflikte verhindert hat, hält sie ihre Armbanduhr unter die Nase: »Wieso kommst du so spät?« Mir springt sie auf meinem Gang in die Mensa drohend in den Weg: »Hast du hier etwa Aufsicht?« Nein, habe ich zum Glück nicht. Aufatmend lasse ich den Schwall der Vorwürfe hinter mir.

Angeblich kontrolliert Frau Wichtig auch die Postfächer und Schülerbogen der Kollegen. Ob da alles ordentlich bearbeitet und dokumentiert wird. Aber das ist nur ein böses Mobbinggerücht. Als ich letztens das Lehrerzimmer betrat, ist sie sicher nur ganz zufällig von meinem Schreibtisch weggesprungen.

Frau Wichtig erstattet täglich bei der Schulleitung Rapport. Dort spricht sie in mädchenhafter Scheu und Schüchternheit vor und setzt ihre Stechschritte ganz sanft und leise. Schulleiter finden vorauseilenden Gehorsam nützlich und schätzen es, wenn sie nicht jede Aufsicht und jedes Kursbuch selber kontrollieren müssen. Wenn sie alle Vergehen der Kollegen aufgezählt hat, beklagt Frau Wichtig ihre isolierte Stellung im Lehrerzimmer. Der Schulleiter wiegt besorgt den Kopf. Das geht natürlich nicht, dass so eine engagierte Kollegin gemobbt wird.

Frau Wichtig bewirbt sich auf eine Rektorenstelle im Nachbarbezirk. Der Schulrat dort ist entzückt. Wir sind es auch.

# Hohlsprech

## Rhetorikkurs für Verantwortungsträger

Sie haben nichts zu sagen, reden aber gern? Sie wollen, dass es gut klingt? Sie schätzen keine klaren Ansagen? Sie möchten Negatives positiv »rüberbringen«? Sie sind mit Leib und Seele Autokrat, aber dem Zuhörer soll das nicht auffallen?

Es gibt eine Lösung: Hohlsprech. Eine Exzellenzvariante modernen Sprachhandelns. Damit wirken Sie multikompetent und polyfunktional. Sie beeindrucken Ihre Zuhörer und halten Sie von nervtötenden Einwänden ab. Hohlsprech ist gar nicht so schwer. Tägliche mentale Aktivierung, konzentriertes Zuhören auf überregionalen Konferenzen, häufiges Drehen an der »Phrasendreschmaschine« (im Buchhandel und im Internet zu erwerben) – zeitnah werden Sie über ein perfektes Instrumentarium verfügen: hochtrabende Worte ohne Substanz.

Das erste Modul unserer Fortbildung: Form ist wichtiger als Inhalt. Blättern Sie doch mal im Fremdwörterlexikon. Notieren Sie Begriffe, die Sie noch nie gehört haben, auf Lernkärtchen. Manchmal sind auch philosophische Betrachtungen in der Tagespresse eine wahre Fundgrube. Flechten Sie Begriffe wie »Entitäten«, »Insubordination«, »subkutanes Epiphänomen« oder »attrahieren« zunächst im Privatgespräch ein, sozusagen als »Wortgeschenk«.

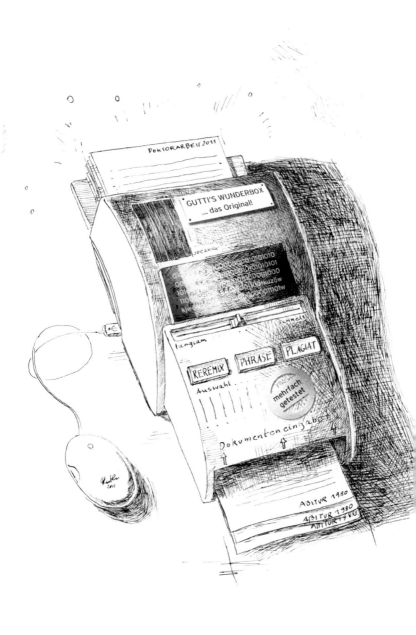

»Bei den dominierenden männlich-homosozialen Ko-optationsstrategien sehe ich da keine inhärente Perspektive.« Klingt gut, oder?

Als zweiten Schritt präsentieren Sie Ihre Kenntnisse im pädagogischen Alltag: »Wir würden gern zusätzliche Ressourcen und Exzellenzprogramme generieren, allein, die restringierte Finanzsituation lässt das nicht zu.« – »Schüleraffine Zeitelastizität und Rhythmisierung sind leider noch Absenzen. Uns fehlt die personelle und materielle Unterfütterung.« – Ein Experte für Hohlsprech lässt »Kollegin Wohlbauer ihre Gravidität anzeigen.«

Zweites Modul: Zentrale Bedeutung in Hohlsprech hat das Verb »kommunizieren«. Sie haben es vermutlich als intransitiv kennengelernt: »miteinander sprechen, sich verständigen«. Heute ist es ein transitives Verb und vermittelt hinter dem Schleier demokratischen Miteinanders konkrete Handlungsanweisungen: »Das muss wohl noch deutlicher kommuniziert werden!« Der Subordinierte fragt ängstlich: »Kann ich das so weiterkommunizieren?« Es ist generell effektiv, aus intransitiven Verben transitive zu machen. Das bringt den Sprecher in eine aktive Rolle. Denken Sie an Beispiele aus der koitalen Praxis: »Ich vögel dich« klingt dynamischer und ich-orientierter als »wir haben miteinander gevögelt«. Diese grammatische Variante kann beliebig erweitert werden. So sagt der Schulrat zufrieden: »Ich habe in den letzten Monaten zahlreiche Schulen hospitiert!« (sic!) – Andere Zeitgenossen »leben Beziehungen und Sympathien« oder »erinnern gern frühere Zeiten«. Werden Sie kreativ! Sprache ist lebendig. Was es heute noch nicht gibt, kann morgen schon Hohlsprech sein. Warum also nicht: »Ich interessiere Individualisierung und Binnendifferenzierung.«. »Ich schäme meine seltenen Fortbildungen.« »Er kümmert dieses Problem.« »Wir freuen das aktuelle PISA-Ergebnis.«

Verwenden Sie keine nackten Nomen. Es heißt nicht »Lösungen, Hierarchien und Fragen«, sondern »intelligente Lösungen«, »flache Hierarchien« oder »sauber geklärte Fragen.« In jedem Ihrer Beiträge sollten mindestens einmal die Kernbegriffe Evaluation, Transparenz und Kompetenz vorkommen. Am besten in einem einzigen Satz. Verdeutlichen Sie Fremdwörter, um Ihrer Aussage Nachdruck zu verleihen: etwas wegtolerieren, umlegendieren, aufoktroyieren oder anplakatieren.

Benutzen Sie Euphemismen! Schadenfreude heißt in Hohlsprech negative Empathie, Strafen sind aversive Reize, Schwänzer und Störer nennt man schulabstinente oder verhaltensoriginelle Jugendliche. Gehen Sie mit Inkompetenz frustdurabel um, bevor Sie geistige Insolvenz anmelden müssen. Umhüllen Sie Intelligenz-Allergiker mit zerebralen Flatulenzen. Kleine Kontrollfrage zwischendurch: Was ist ein habitativ benachteiligter Mitbürger?

Als Anhänger deutschen Sprachtums müssen Sie übrigens nicht auf das Fremdwörterlexikon zurückgreifen. Es gibt genug Hohlsprechbegriffe in unserer Muttersprache: Selbstwirksamkeitserfahrung, Leuchttürme der Bildung, kräftige Seelennahrung, Arbeitsverdichtung, sich an einen Text anschmiegen und etwas verschriftlichen. Stellen Sie Probleme auf den Parkplatz, geben Sie ein gutes Gesamtpaket ab!

Vielleicht halten Sie dieses kleine Kompetenztraining fälschlicherweise für eine Petitesse. Aber Sprache war schon immer Herrschaftsinstrument. Mit Hohlsprech illuminiert sich die moderne Führungselite. Werden Sie Teil dieser Elite! Nutzen Sie Hohlsprech!

# Teufelszeug

## Computer machen süchtig

Fast bin ich im Olymp angekommen. Die Götter winken mir schon. Nur noch sieben Aufgaben von hundert, die ich erfüllen muss. Der Computer knattert und rasselt. Ganze Reihen von Amphoren und Perlen knallen auf dem Spielfeld nach unten. Blitze zucken, Goldtaler rollen. Eine sanfte, eintönige Melodie begleitet mein fieberhaftes Agieren mit den Computertasten. Meine Augen huschen über den Flachbildschirm. Reflexartig klicke ich auf gleiche Symbole und lasse sie explodieren. Jeder meiner Erfolge wird mit Feuerwerk und Triumphmusik gefeiert. Das Telefon ist abgestellt, Klausuren bleiben liegen. Mein Partner appelliert an meine Vernunft. Ich fauche ihn an. Er hat mir durch sein Gerede gerade die nächste Spielstufe versaut. Kaum bin ich daheim, muss ich »Cradle of Rome« einschalten. Sogar, wenn ich im Bett liege, spiele ich. Vor meinen geschlossenen Augen prasseln die Symbole weiter durcheinander und sinken zischend nach unten.

Wie konnte es so weit kommen?

Im Sommer fällt nicht nur meiner Sozialpädagogin auf, dass etliche Schüler bleich und käsig sind, wo doch draußen die Sonne scheint. Werden diese Jugendlichen im Keller gehalten? In Ethik sprechen wir über Sucht. Solange es um Essstörungen und Drogen geht, sind alle sehr engagiert. Hinweise auf Computersucht und die Sogwirkung des Internets beantworten die Schüler allerdings mit leiser Renitenz. Sandra erklärt, dass von Sucht keine Rede sein könne, wenn man fünf Stunden täglich am Computer sitzt. Sie könnte jederzeit aufhören. Alle Jugendlichen würden am Computer spielen. Sogar Erwachsene und Lehrer. »Ich nicht!«, sage ich. »Da könnten Sie aber Ihr Reaktionsvermögen verbessern, das ist wie Hirn-Jogging.« Ein Blick und Sandra verstummt.

Ein paar Tage später steht Assuans Vater vor der Klasse. Dass wir jetzt Unterricht haben, kümmert ihn nicht. Er packt mich verzweifelt am Arm. Sein Sohn sei fast rund um die Uhr mit dem Computer vernetzt. Er schießt, meuchelt und schlachtet. Er bombt und sprengt seine

Gegner in die Luft. Zu den Mahlzeiten erscheint Assuan nicht. Seine Mutter serviert ihm aufs Zimmer. Morgens ist er kaum aus dem Bett zu bekommen. Wenn man ihn vom Spielfeld trennt, weint er. Seine Finger und sein Rücken schmerzen. Ich verstehe nun, warum Assuan sich jeden Morgen verspätet und im Unterricht apathisch und depressiv wirkt.

Im Internet stoße ich auf ein Jugendbuch mit lauter begeisterten Rezensionen. Ich bestelle »Erebos« und bin wider Willen fasziniert. Zum ersten Mal verstehe ich, wie Spiele Jugendliche so in ihren Bann ziehen können, dass nichts anderes mehr existiert. Der Held des Buches ist übers Internet mit anderen Spielern verbunden, die mit ihm gemeinsam eine mystische Welt erobern. Wenn er nur kurz auf die Toilette geht, kann er Entscheidendes verpassen und auf das Level eines Sklaven herabgestuft werden.

Nach der Lektüre dieses Buches möchte ich auch mal so ein Computerspiel haben, in dem man sich durch wundersame Landschaften bewegt, Rätsel löst und Drachen besiegt. Mit schönen bunten Bildern. Mein Neffe sieht mitleidig mich, dann meinen Computer an, murmelt was von vorsintflutlicher Grafikkarte und fehlenden Kapazitäten. Er empfiehlt mir was Schlichtes wie Mah-Jongg oder »Drei gewinnt«. Seither baue ich Rom auf. Suchtartig.

Wenn ich nachts wach werde, sitzt neuerdings mein Partner am Computer. Der Lautsprecher ist voll aufgedreht, es donnert und dröhnt. Und eines Morgens ist mein Spielstand verschwunden. 93 Ebenen, stundenlange Arbeit, alles vergeblich. Auf dem Bildschirm ist nur noch grüne Wiese. Sämtliche mühsam aufgebauten Tempel und Foren haben sich in Luft aufgelöst. Mein Partner kommt vorsichtshalber abends nicht nach Hause. Stundenlang tobe ich durch die Wohnung, zerschmettere hier einen Teller, dort ein Glas, bevor ich weinend am Tisch niedersinke.

Mein Schüler Assuan hat endlich einen Termin bekommen. Es gibt leider ganz wenige Beratungsstellen für Computersüchtige, und meist erreicht man nur den Anrufbeantworter. Assuan lässt mir großzügig den Vortritt …

# Schwänzer, Schwätzer, Saboteure

## Welcher Elterntyp sind Sie?

Typisierungen erleichtern das soziale Leben! Frauen-zeitschriften sortieren deshalb Sex-Partner, Vorgesetzte, Kollegen oder Nachbarn in Kategorien und beschreiben sie ausführlich. Es ist ungemein hilfreich, wenn Sie wissen, dass Ihr Gegenüber Steinbock ist. Sofort können Sie seine Aussagen und Aktionen in passende Schubladen stopfen und adäquat reagieren. Natürlich gibt es auch Lehrer-Kategorisierungen für die Hand des Schülers: der verschlafen-verwirrte Lehrer, der Chaot, der Technokrat, der Vati, das Allround-Talent, der faule Sack, der Karrierist, der Suchtproblematiker, der Pedant – davon manches natürlich auch in weiblicher Form.

Damit Ihr Leben als Lehrkraft einfacher wird, werden hier typische Vertreter von Kindseltern vorgestellt. Vielleicht ge-hören Sie zu den vielen hoffnungsvollen Junglehrern, die bald die Führung übernehmen? Partizipieren Sie am Er-fahrungsschatz der Altgedienten und an den abgesicherten Erkenntnissen der Brösel-Eimer-Studie (Brösel / Eimer u.a.: »Grenzwertigkeit schulischer Elternarbeit«, Ilskirchen 2010).

### Die Schwänzer

Sie erscheinen zu keinem Elternabend und zu keiner Schulfeier. Ihr Handy ist stets ausgeschaltet. Möchten Sie diese Eltern kennen lernen, müssen Sie schon zu ihnen nach Hause gehen, am besten mit Kuchen und Wein. Es kann allerdings sein, dass Ihnen niemand öffnet. Machen Sie sich nichts draus. Die Schwänzer tauchen oft ganz überraschend auf und wollen Sie anzeigen. Weil Sie das Jugendamt eingeschaltet haben.

### Die Spontanen

Sie kommen nicht, wenn sie vorgeladen werden, sondern wenn <u>sie</u> es für richtig halten. Sie stellen sich in den Weg, wenn Sie voll gepackt in den Unterricht wollen. Hier und jetzt muss über den Sprössling geredet werden! Als pflichtbewusste Lehrerpersönlichkeit weisen Sie darauf hin, dass Sie eigentlich Unterricht haben. Dann müssen Sie aber damit rechnen, dass diese Eltern wütend zur Schulrätin rauschen.

### Die Stoiker

Sie sitzen auf Elternabenden rum und schweigen eisern. Sie verziehen keine Miene, lächeln zu keinem Scherz, haben keine Fragen und keine Antworten. Sie rauschen grußlos in den Klassenraum und wieder raus, falls Sie sie nicht freundlich abfangen. Nein, Elternvertreter wollen sie auf keinen Fall sein. Wessen Eltern sie sind? Na, die von Pauline. »In meiner Klasse ist gar keine Pauline. – Meinen Sie die in der Nachbarklasse?«

### Die Besorgten

Diese Spezies verlängert jeden Elternabend um Stunden: durch akribisches Nachfragen im Plenum und anschließende Einzelgespräche mit der Lehrkraft. Stets droht der pädagogische SuperGAU: das sensible Kind wird ungerecht benotet und seelisch misshandelt. Es hat den falschen Sitzplatz in der Klasse und eine Frischluft-Allergie. Es muss vom Sportunterricht befreit werden und darf abends nach 18 Uhr nicht mit der Klasse ins Theater. Sie als Lehrkraft achten bitte darauf, dass Achim-Andres pünktlich sein Frühstück und seine Ritalin-Pille einnimmt. Er ist sonst unterzuckert und überaktiv.

Die Drahtzieher
Wichtigste Hilfsmittel dieses Elterntyps sind Telefon und Chatroom, hier das Forum: »Klassenkampf und Schulschikane«. Anstatt sich auf Elternabenden offen zu äußern, telefonieren Drahtzieher hinterher miteinander und tauschen ihre Erfahrungen mit dem Klassenlehrer aus. Sie halten ihren Nachwuchs dazu an, im Unterricht sachfremde Bemerkungen der Lehrkraft zu protokollieren und mit dem Handy den Lärm in der Klasse aufzunehmen. Sie sammeln Unterschriften gegen den Physiklehrer und schätzen konspirative Gespräche. Sie stellen sich gern als Elternvertreter zur Verfügung, weil sie dann eine Telefonliste der Lehrer erhalten.

Die Spezialisten
Diese Kindseltern meinen es wirklich gut mit Ihnen. Es sind vorzugsweise arbeitslose Erziehungswissenschaftler, freigestellte Manager oder Kollegen im Sabbatical. Sie sind auf dem neuesten Stand der Hirnforschung und

erklären Ihnen genau, warum Ihre 9. Klasse hartnäckig in diesem Leistungstief verweilt. Schließlich haben Sie es als Klassenlehrerin immer noch nicht geschafft, dass die Schüler sich selbst moderieren und zur corporate identity gefunden haben. Der freigestellte Manager kommt jetzt einmal in der Woche zum Hospitieren und berät sich anschließend mit dem Schulleiter über Ihren Unterricht.

Ich habe lange mit meinem Schicksal gehadert, weil ich als Lehrerin in erster Linie mit Schwänzern und Stoikern zu tun hatte. Auf manchem Elternabend waren mehr gesprächsbereite Fachkollegen als Schülereltern anwesend. Dann traf ich auf einer Fortbildung Marlene aus Zehlendorf, die über ihre Elternklientel klagte: fast alles Spezialisten und Drahtzieher. Seither habe ich mich dankbar mit meinem Los und den mager besuchten Elternabenden abgefunden.

# Jungschnösel

Wenn man Ende Vierzig ist, kommt einem der Jungschnösel häufiger in die Quere. Vor allem, wenn »man« eine Frau ist. Diese Spezies hält »Jung-Sein« in Verbindung mit »Mann-Sein« für eine besondere Leistung. Älteren Frauen begegnet der Jungschnösel deshalb gönnerhaft bis geringschätzig – und wenn er elementare soziale Umgangsformen noch nicht internalisiert hat, auch mit offener Verachtung. Biologen würden das vermutlich damit erklären, dass der Feld-, Wald- und Wiesenmann stets auf der Suche nach vermehrungsfähigen Partnerinnen ist. Selbige sind eher selten in der Altersklasse der Endvierzigerinnen zu vermuten. Warum also sollte sich der Jungschnösel um diese Klientel bemühen? Verständnisvolle ältere Männer entschuldigen joviales Schnöseltum mit überspielter Unsicherheit und Schüchternheit. Jungen Menschen, also Männern, müsse man zugestehen, dass sie forsch die Welt erkunden und sich ausprobieren. Nichts da! Der Jungschnösel ist nicht unsicher und schüchtern, nicht tapsig oder ungeschickt. Er ist jung, männlich und omnipotent.

Der Jungschnösel arbeitet vorzugsweise in der nächsten Kfz-Werkstatt und muss manchmal seinen Chef vertreten. Geduld ist seine Sache nicht, wenn er einer Frau in Klimakteriumsnähe einen Kostenvoranschlag erklären soll. Cool demonstriert er die Dominanz des männlichen Geschlechts. Aus seiner Sicht sollten Frauen sowieso bestenfalls Laufrad, Kinder- oder Einkaufswagen fahren. Es freut ihn diebisch, wenn er seinem Opfer alte Winterreifen andrehen und teure Stoßdämpfer einbauen kann, obwohl es gar nicht nötig gewesen wäre.

Der Jungschnösel ist häufig auch in der Elektronikbranche, in Baumärkten und an Tankstellen anzutreffen. Seine Überlegenheit spiegelt sich schon in kleinsten Anmerkungen wider: »Ist denn Benzin im Tank?«, »Vielleicht ist die Glühbirne defekt?«, »Haben Sie mal nach der Sicherung gesehen?«

Der Jungschnösel ist bisweilen auch Kellner, Bankangestellter oder Physiotherapeut, Skilehrer, Zahnarzt oder Juniorchef. Er sitzt im Kino, im Flugzeug, in der Sauna oder im Bus neben einem. Wenn man seine Präsenz nicht gleich gebührend würdigt, macht er sich durch akustische und taktile Signale bemerkbar: dramatisches Keuchen und Stöhnen in der Sauna, Ellenbogenduelle auf der Sessellehne im Flugzeug.

Der Jungschnösel tritt auch im Schuldienst auf. Er strebt einen Posten als Schulrat oder Bildungsminister an. Er lässt sich doch nicht beim Fußvolk verheizen, in einem Beruf, in dem nur »Masochisten« richtig aufblühen. Er ist doch nicht blöd. Schön ist es natürlich schon, dass die ganze Nation sehnsüchtig auf ihn wartet. Er hat keine Falten im Gesicht und ist somit Garant für Innovation, Motivation und Engagement. Selbstbewusst tritt der Jungschnösel in die Bildungsarena und wirft mit Kompetenz um sich. Er weiß auf der ersten Lehrerkonferenz zwar nicht, worum es geht, aber er schlägt erst mal eine ordentliche Evaluation vor. Die erschlafften Altkollegen grinsen müde. Ihnen wäre es natürlich lieber, wenn der junge Mann sich erst mal bescheiden zurückhielte und die Knall-Chargen-Rolle spielte, die sie ihm zugedacht haben. Aber nicht mit dem Jungschnösel! Er ist die Zukunft, der Hauptdarsteller, der Macher, der Souverän. Deswegen hat er auch im Handumdrehen einen Schlüssel zum Fahrstuhl und zur Druckerei. Neidisch stecken die Altstiesel, die seit Jahren um die nötigen Schlüssel betteln, ihre Köpfe zusammen. Aber was kann der junge Mann dafür, dass die Sekretärin jedes Gespräch abbricht, wenn er um die Ecke schaut? Ihre Stimme zwitschert bei seinem Anblick gleich zwei Oktaven höher, und warum sollte er »Nein« sagen, wenn sie ihm die begehrten Schlüssel geradezu aufdrängt?

Grinsend und unrasiert blockiert er morgens den Kopierer, um in aller Ruhe das Handbuch der Methodik zu vervielfältigen. Grinsend hört er sich an, dass er nicht alle Kollegen einfach duzen darf. Grinsend lässt er anderen die Tür vor der Nase zufallen, schiebt störende Unterlagen einfach beiseite oder schmeißt seinen Rucksack mitten auf den Tisch. »Oh, sorry, das tut mir jetzt leid. Ich wusste nicht, dass in dem Papier Blumen sind. Aber die richten sich schon wieder auf, wenn man sie ins Wasser stellt.«

Er blockiert auch Internetzugänge, Beamer und Telefone. Wenn in einem Kopierer das Papier nachgefüllt werden müsste, wandert er einfach zum nächsten. Er kommt nicht auf die Idee, jemandem mitzuteilen, dass der Videorecorder defekt ist. Er hat ihn schließlich nicht kaputt gemacht. Er bedient sich gern an allen Schreibtischen, trinkt überall Kaffee mit, kommt aber nicht auf die Idee, mal selber welchen zu kochen: »Ich weiß gar nicht, wie das geht.« Eine »Blöde« findet sich immer, die die Kaffeemaschine für ihn bedient. Bezahlen tut er natürlich auch nichts: »Ach, ihr habt eine Kaffeekasse? Hab' leider kein Kleingeld dabei.« Anhand seiner dreckigen Tassen, die er rumstehen lässt, kann man seinen Weg durchs Gebäude verfolgen. Seinen Kaffee nimmt er auch mit in den Unterricht, wo es ihn ausgesprochen amüsiert, wenn die Schüler keine Hausaufgaben haben. Seine Fehler an der Tafel findet er auch lustig. Wer legt heute noch Wert auf Rechtschreibung? Disziplinprobleme hat er keine. Schrilles Gelächter und spitze Schreie, die aus seiner Klasse dringen, sind Zeichen von Lebenslust und Lernfreude. Das kennen die alten Megären natürlich nicht, die ihm ständig reinreden. Seine Mentorin erklärt ihm jede Woche schlecht gelaunt, wie man guten Unterricht macht. Die Schulleiterin hat etwas Verzweifeltes im Blick, wenn sie beim Jungschnösel hospitiert. Auch so eine Zimtzicke wie seine Seminarleiterin. Er wüsste ja ein gutes Rezept für all diese Weiber, aber das ist nicht jugendfrei und bleibt deshalb der Phantasie der Leser überlassen! Der Jungschnösel landet eine miese Lehrprobe nach der anderen. Wenn er am Ende durchs Examen fällt, ist das natürlich nicht sein Unvermögen, sondern die Rachsucht frustrierter alter Ziegen. So wird er auch diese Glosse hier einordnen.

Der Jungschnösel muss erst noch lernen, dass bei den alten Megären das besänftigende Östrogen, das in Sachen Kinderaufzucht und Partnerschaft dienlich ist, durch befreiendes Testosteron ersetzt wird ….

# Die 68er sind schuld!

## Der geistig-moralische Absturz

Die Bundesrepublik sähe heute ganz anders aus, wenn mein großer Bruder damals seine Graupensuppe gegessen hätte. Aber er wollte stattdessen diskutieren: »Warum gibt es etwas zu Mittag, das keiner mag? Warum muss man alles aufessen, was einem die Mutter auf den Teller häuft? Warum darf man beim Essen nicht reden?« – In der Folgezeit verweigerte mein Bruder das Nachtgebet, ließ sich die Haare über den Kragen wachsen und stritt sich mit dem Friseur um jeden Millimeter. Trotzdem überrumpelte der ihn immer wieder mit einem Militärschnitt. Dann spielte mein Bruder in seinem Zimmer »Vatis Argumente« von Franz-Josef Degenhardt. Stundenlang. Und ganz laut. Die folgenden Jahre ließ sich mein Bruder von mir die Haare schneiden. Er saß dabei im Bad vor dem Klappspiegel und beobachtete jeden Handgriff.

Er wollte nicht mehr Latein und Altgriechisch lernen, sondern Gitarre. Deshalb schaffte er sein Abitur nur geradeso. Mein Vater setzte seine ganze Hoffnung auf die Bundeswehr, die seinem widerspenstigen Sohn wieder einen Seitenscheitel ziehen würde. Doch Vater konnte die »geistig-moralische Ödnis« nicht verhindern, die von meinem Bruder und von unserem Land Besitz ergriff. Mein Bruder ging nach West-Berlin. Dort sammelten sich an einer roten Kaderschmiede (so hießen damals

die Universitäten …) Wehrdienstverweigerer aus allen Bundesländern und lasen statt Hermann Hesse »Das Kapital«. Mein Bruder ersetzte »Bürgerlichkeit und höfliches Benehmen durch Provokationen, Schamlosigkeit und rücksichtslosen Egoismus«, indem er unsere Eltern beim Vornamen nannte und Weihnachten nicht mehr heimkam, weil er keine Lust auf Konsumterror hatte.

Bei seinem »Versuch, die gesellschaftliche Ordnung zu zerstören«, trat er heimlich aus der Kirche aus. Meine Eltern erfuhren diesen ungeheuerlichen Vorgang über die Diözesenverwaltung. Die ganze Großfamilie debattierte über das Versagen unserer Eltern. Meine Mutter betete verstärkt für das Seelenheil ihres Erstgeborenen. Doch es half nichts. Mein Bruder zog in eine Wohngemeinschaft, in der angeblich die Türen ausgehängt waren und alle nackt herumliefen. Sein schönes Jugendzimmermobiliar von daheim wollte er nicht. Damit trug er ganz wesentlich dazu bei, dass gesellschaftlich bewährte Strukturen aufgelöst wurden und »Verbindlichkeit und Selbstaufopferung« im Familienleben auf der Strecke blieben.

Er duzte seine Professoren und verteilte vor Fabriktoren Flugblätter. Er hetzte gegen unsere Fernsehzeitung, nur weil sie von Springer war. Dem wohlmeinenden Vorschlag eines Großonkels, doch in den Osten zu gehen, folgte er nicht. Stattdessen stellte er den Paragraphen 175 so eindringlich in Frage, dass meine Eltern sich auch noch Sorgen um seine sexuelle Orientierung machen mussten. Bis er mit einer Freundin vorbeikam und mit ihr in einem Zimmer übernachten wollte. Das ließen meine Eltern selbstverständlich nicht zu.

Mein Bruder wurde Lehrer an einer dieser Gesamtschulfabriken. Dabei hätte er eine glanzvolle Karriere an unserem Kleinstadtgymnasium machen können. Er fand die Gesellschaft ungerecht und wollte sie unbedingt ändern. Das Resultat seiner Bemühungen? »Intellektuelle Verwilderung, Verrohung der Sitten, Verlust von Anstand und Manieren, Egozentrik.«

Ich muss zugeben, ich habe meinen großen Bruder damals bewundert, als er seine Graupensuppe nicht aufessen wollte. Ich war froh, statt Altgriechisch gleich Französisch lernen zu dürfen, ohne zu ahnen, dass dem »intellektueller Kahlschlag« und »Mittelmaß« folgen würden. Ich fiel auf feministische Irrlehren herein und verbrannte neben unserem Komposthaufen ein, zwei Büstenhalter. Natürlich landete auch ich in Berlin, frönte einem hedonistischen Single-Dasein und half, die deutsche Ehe zu zerstören.

Mein Bruder hatte sich selber finden und ein wenig mit am Rad der Geschichte drehen wollen. Das hat mir imponiert. Wie konnte ich ahnen, was er und seine Mitstreiter wirklich im Schilde führten? Denn: »Letztendlich bereiteten die Achtundsechziger durch die Entfesselung eines zerstörenden Nihilismus und schrankenlosen Libertinismus den Boden für einen immer noch andauernden Erosionsprozess unserer Gesellschaft.«

Glücklicherweise werden die jetzt alle pensioniert und können ihr Unwesen im Schuldienst und anderswo nicht mehr fortsetzen.

Da ich weiß, dass viele, auch aufgeklärte Menschen so denken, versichere ich hier noch mal ausdrücklich, dieser Text ist eine Satire …

*** 

Die Zitate stammen aus dem Artikel von Jörg Schönbohm, ehemaliger CDU-Innenminister von Brandenburg: »1968 – Selbstbetrug einer Generation«, veröffentlicht am 9.3.2008 im Berliner Tagesspiegel

# Weg damit!

## Wenn Lehrer ausmisten

Lehrer sind manische Sammler. Was immer sie im Unterricht gebrauchen könnten, heben sie auf. Allerdings finden sie den Artikel zur trostlosen Situation der Wildkatze in Tadschikistan sowieso nicht, wenn sie ihn in Erdkunde einsetzen wollen. Aber es wäre ein Riesenfehler, vorzeitig – also vor der Pensionierung – auszumisten. Mit Sicherheit braucht man das Interview mit der buddhistischen Nonne gerade dann, wenn der entsprechende Ordner in der Altpapiersammlung gelandet ist. Weil man nie genau weiß, was man schon weggeworfen hat, wühlt man oft stundenlang vergeblich.

Also heben Lehrer alles auf. Wenn sie Zeit haben, archivieren sie nach feinsinnigen Systemen und finden auf Anhieb das Testament der Gräfin Muschwitz aus dem Jahre 1848. Die Kollegen, die ich kenne, haben allerdings keine Zeit für so was und bauen Stapel für Stapel rund um ihren Schreibtisch, auf allen Treppenstufen und allen verfügbaren Schränken und Regalen. Manche halten sich sogar Zeitschriftensammlungen direkt neben dem Klo. Andere lagern Materialien in die Schule aus, sofern sie dort einen freien Kubikmeter Stauraum finden. Es gibt überfüllte Schränke in Klassenräumen und Lehrerzimmern, deren Inhalt niemandem mehr zuzuordnen ist. Aber kann man die Mikroskope, Metronome, Turnhosen und Marmeladengläser mit halb gekeimter Walnuss einfach wegwerfen? Lieber legt man sie im schwer zugänglichen Oberschrank ab. Der erste klinisch attestierte Messie soll ein Lehrer gewesen sein.

Nun erreichen zurzeit immer mehr Kollegen das Pensionsalter und misten richtig aus. Wahrscheinlich haben sie eine Feng-Shui-Fortbildung gemacht: Wer Keller, Garage, Schreibtisch, Schränke und Kisten entrümpelt, schafft nicht nur Platz für Neues, sondern befreit sich vor allem geistig-seelisch! Oft nimmt das Leben danach dramatische Wendungen! Man wandert nach Tasmanien aus oder macht seinen Flugschein. Solche Lebensänderungen können natürlich auch beängstigend sein, deshalb suchen sich manche lieber eine größere Wohnung oder bauen einen Wintergarten an, bevor sie sich von ihren Ordnern und Pullundern trennen.

Alle Lehrer fragen sich am Ende ihres Berufslebens, was sie mit den vielen Schulsachen machen sollen. Einfach wegwerfen? Die kann doch noch jemand brauchen! Also werden die Schätze in der Schule ausgelegt. Mit kleinen Zetteln dran: »Zum Mitnehmen!« Gerade die jüngeren Kollegen freuen sich ungemein über eingerissene Plastikhefter, Aquarellfarbkästen mit nur noch fünf Brauntönen und Bleistifthalter aus der Nachkriegszeit. Begeistert sammeln sie gelungene Unterrichtsentwürfe von 1973, alte Schülerzeitungen und Blumentöpfe ein. Raffen unvollständige Schachspiele und Duden aus der Zeit vor der Rechtschreibreform an sich. Nur »Norwegisch für Fortgeschrittene« und »Düngen für Anfänger« liegen immer noch im Lehrerzimmer rum.

Die neue Deutschfachleiterin will ihren Elan sofort unter Beweis stellen. Sie räumt auf. Leider ohne vorher über jedes einzelne Arbeitsblatt Rücksprache zu nehmen. Sensationelle Texte zur Rolle der Frau in Papua-Neuguinea landen im Müll. Urkundenformulare für Bundesjugendspiele aus den achtziger Jahren (weibliche Jugend) ebenso. Wertvollste Dia-Sammlungen, ein schlaffer Fußball und nie genutzte Schallplatten (»Heinrich George liest Adalbert Stifter«) verschwinden über Nacht. Zerfetzte Schulbücher lagern vorm vollen Altpapiercontainer. Ein Deutschlehrer rettet in letzter Sekunde einen Satz Lesebücher für den 10. Jahrgang. Darin steht eine wichtige Parabel von Kafka! Andere Rettungsversuche misslingen. Die Kollegen sind bestürzt. Sammlungen von historischer Bedeutung einfach in den Müll zu werfen! Die neue Deutschfachleiterin wird einen schweren Stand haben. Ihr einziges Verdienst ist, dass sie die Küchenecke und den Kühlschrank gleich mit aufgeräumt hat. An die überlagerten Milchtüten und Käse-Scheibletten hat sich seit Jahren niemand getraut. Und den Tee aus der grusinischen Volksrepublik trank ohnehin keiner. Aber dass daneben auch die Videokassette mit »König Ottokars Glück und Ende«, einer Aufzeichnung aus den Berner Kammerspielen von 1958, entsorgt wurde, ist unverzeihlich.

# Geld stinkt nicht

## Leistungsprämien für Lehrer

An jedem Monatsersten treffen wir Lehrer uns um 6.30 Uhr in der Aula. Manche nervös, andere siegessicher. Der Schulleiter verteilt Leistungsprämien. Alle Lehrer und Lehrerinnen beziehen seit zwei Jahren ein Grundgehalt von 1.125,- Euro. Wer mehr will, muss sich mehr anstrengen. Wie in der freien Wirtschaft. Dort gibt es auch Belohnungen für besonders Engagierte. Und »Minderleister« werden liquidiert, äh, eliminiert, also entlassen.

Meine Mathe-Kollegin hat heute hektische Flecken im Gesicht. Ihre Leistungskontrollen im 10. Jahrgang sind miserabel ausgefallen. Sie muss mit deutlichen Lohnabzügen rechnen, ihr Versagen vor dem Kollegium analysieren und sich zu mehrwöchigen Fortbildungen verpflichten. Lahme Ausreden, dass diese Klasse besonders schwierig und leistungsschwach sei, ziehen nicht. Aufgeregt wirkt auch der Sportfachbereichsleiter. Bei ihm sind zwei Schüler vom Reck gefallen und mussten zum Unfallarzt. Ob er seinen nächsten Urlaub auf die Malediven noch finanzieren kann? Schließlich hat er es auch versäumt, ein Sitzungsprotokoll termingerecht zu erstellen und mit gebügelten Hosen zum Dienst zu erscheinen. Außerdem schwänzen in seiner Klasse drei Schüler. Da kommt er übers Grundgehalt nicht hinaus. Er muss seinen Urlaub wohl im Westerwald verbringen. Ich grinse schon mal schadenfroh zu ihm rüber.

Frau Weißbecker sieht der Prämienverteilung vertrauensvoll entgegen. Ihre Klasse hat den bezirksinternen Lesewettbewerb gewonnen, und die Stadtteilzeitung hat sogar darüber berichtet. Das gibt für gute Außenwirkung gleich zwei Bonusstufen extra! Ich rechne auch mit einer Leistungsprämie. Beim letzten Aufsatz haben meine Schüler und Schülerinnen nur Einsen und Zweien produziert. Dazu sind im vergangenen Monat meine Bewertungen auf »www.spickmich.de« sehr gut ausgefallen. Eine beachtliche Prämie wird sicher der Kollege erhalten, der zum Empfang des Bundespräsidenten eingeladen war. Er ist zwar keineswegs der beste Pädagoge unserer Anstalt, aber der bestgekleidete, und er versteht es, sich wirksam in Szene zu setzen. Bösartige Kollegen munkeln, dass er privat beim Schulleiter ein- und ausgeht. Sein Scheck steckt in einem goldenen Umschlag: Er ist »Lehrer des Monats« und kommt auf die Plakatwand am Eingang: »Unsere Leistungsträger«. Natürlich werden dort auch die Minderleister ausgestellt.

Prämien gibt es für die Kollegin, die zehn neue Mitglieder für den Förderverein werben konnte. Andere Leistungsträger haben 22 Schüler für einen Wahlpflichtkurs Latein gewonnen oder die begehrte Arbeitsgemeinschaft »Fallschirmspringen« angeboten. Das macht sich gut auf unserer Homepage. Eine Kollegin hat den Schulgarten umgegraben und alle Kartoffelkäfer eingesammelt, eine andere alle Fußbälle aufgepumpt. Kritische Anmerkungen auf Gesamtkonferenzen führen in der Regel zu Bonusverlusten. Dann erklärt der Schulleiter zu unser aller Empörung, warum die Nachbarschule in der externen

Evaluation erfolgreicher ist als wir. Sie hat heimlich einen Kollegen dafür abgestellt, der unwillige Schüler rausekelt und so den Leistungslevel erhält.

Am Ende der Konferenz tanzen wir alle eine Runde um den Jackpot und singen: »Von den Banken lernen heißt siegen lernen!« Im Jackpot befinden sich Spenden unserer Sponsoren und Bußgelder von Eltern, deren Kinder keine Hausaufgaben gemacht haben. Nur ein Kollege tanzt nicht mit. Der verweigert sich standhaft der neuen Orientierung und kommt mit seinem Grundgehalt aus. Er will nicht dem schnöden Mammon dienen. Er meint ernsthaft, bei den Schülern mit einer Arbeitsgemeinschaft »Ethos und Moral in Zeiten der Globalisierung und Pekunisierung« landen zu können.

Als ich mich fröhlich mit meinem Scheck in die Klasse begeben will, steht Max-Linus schon im Türrahmen und hält seine Hand auf: »Non scholae, sed pecuniae discimus! Wenn Sie uns nicht an Ihrer Prämie beteiligen, stimmen wir nächstes Mal bei Spickmich für Herrn Meier-Lühr! Und die Kontrollarbeit in Wirtschaftswissenschaft können Sie auch vergessen!«

# Mein erstes Foto-Shooting

Ich schreibe für eine Illustrierte Erziehungs- und Schultipps. Für diese Ratgeberseite soll ich nicht nur mein pädagogisches Wissen, sondern auch ein Porträtfoto zur Verfügung stellen. Wie man jedoch aus dem »Lehrerhasserbuch« weiß, sind Lehrer und Lehrerinnen in der Regel ungepflegt und unattraktiv. Deshalb braucht man diverse Assistenten und Hilfsmittel, um ein halbwegs annehmbares Foto hinzubekommen.

Etliche meiner Schülerinnen würden entzückt zu so einem Shooting gehen. Ich betrete das Atelier mit verhaltener Begeisterung und schaue erst mal um die Ecke, ob Domina Heidi Klum irgendwo lauert. Daheim habe ich mich sorgfältig geschminkt, die Ausgehsachen gebügelt und kantenrein gefaltet. Das hätte ich mir schenken können. Ich habe einen eigenen Stylisten, der mich mit einem Kleiderständer voller Überraschungen erwartet.

Die Pflege seines interessanten Bartes dürfte mindestens so lange dauern wie die Korrektur eines Aufsatzstapels (9. Klasse, 30 Kinder, wenig Akzeptanz der deutschen Rechtschreibung). Der Stylist hat für mich bunte Teile in Pink und Lindgrün besorgt. Ich soll ja flott und jugendlich rüberkommen. Am Telefon habe ich meine Konfektionsgröße durchgegeben, trotzdem ist alles zwei Nummern zu klein. Aber man kann die Hemdchen notfalls hinten aufschneiden oder einfach ein paar Tücher um mich drapieren und festklammern. Der Stylist ist

zuversichtlich und verpackt mich als erstes in etwas Türkis-Gelb-Gestreiftes. Meinen offenen Widerstand trägt er mit Humor.

Die feingliedrige Visagistin betont, dass sie sonst eher Models und Schauspielerinnen bemalt. Ihr Talent ist im Grunde an mich verschwendet. Ich nehme ohne größere Ehrfurcht vor dem Spiegel Platz.

Im Handumdrehen hat sie mit einem Rasiermesser meine Augenbrauen entfernt. »Sie haben doch nichts dagegen? Die wachsen in zwei Wochen wieder nach!«, flötet sie und malt mir neue Augenbrauen, zwei Zentimeter über den abrasierten. Rabiat wischt sie mir meine Make-up-Versuche aus dem Gesicht. Ihre Wässerchen und Lotionen treiben mir Tränen in die Augen.

»Nein, so kann ich nicht arbeiten. Ihnen steht ja Wasser auf den Augen. – Machen wir mal eine Pause!«, ordnet sie an. Stylist, Fotograf und Visagistin trinken erst mal einen Espresso lungo. Ich verzichte lieber, sonst stehen mir nachher noch Schweißperlen auf der Stirn und behindern die Arbeit der Make-up-Künstlerin.

»Hach, super, du kommst grad aus London? Was hast du denn geschossen?« (Nein, die reden nicht von Treibjagden, sondern von Fotos.)

Als meine Tränen getrocknet sind, geht es weiter. Schicht für Schicht wird mein Gesicht eingegipst, neu formatiert und angepinselt. »Mal stretchen!« sagt die anämische

Dame streng. Ich bin ratlos. Sie macht es mir vor: Ich muss meine Mundpartie so strammziehen, als müsste ich ein lockeres Gebiss am Platz halten. So kann sie mich besser pudern.

Am Ende der Prozedur wehre ich mich mit Leibeskräften dagegen, dass meine goldenen Locken verkleistert und platt geföhnt werden. Die Visagistin rollt entnervt die Augen und wendet sich Hilfe suchend an die Männer. Vielleicht können die mich zur Räson bringen? Sonst muss die Redaktion meine widerspenstigen Haare aufwändig retuschieren!

Als ich dem Fotografen zugeführt werde, ist mir unklar, warum für mein neues Erscheinungsbild soviel Zeit nötig war, aber ich bin ja nur eine Statistin in dieser Veranstaltung. Genauso gut könnten die drei ein Schaf oder eine Eisbombe fotografieren.

Ich muss stocksteif stehen. Drei Scheinwerfer heizen mir ein. Nach jeder »Fotostrecke« kommen sie mit Klammern und Bürsten, postieren, pudern und richten mich neu. »Mal stretchen!« schnauzt die Visagistin und reißt mir mit der Bürste ganz aus Versehen ein paar Haare aus. Zur Strafe, weil ich mich nicht ordentlich habe frisieren lassen.

Der Fotograf steht auf einer Leiter über mir und heißt mich, das Kinn vorzurecken, zu lachen, dabei die Augen offenzuhalten und ganz locker zu sein. Probieren Sie das mal!!! Leider motiviert er mich überhaupt nicht so, wie ich es von Heidi Klums Fotografen aus dem Fernsehen kenne: »Ja, Baby, zeig's mir. – Ja, Baby, gib's mir! – Das ist es! – Oh, du bist fantastisch, Baby!«

Meine Beine verkrampfen. Ich weiß nicht, wohin mit den Armen. Mein Lächeln wird so bleiern wie beim manchen Elterngesprächen. Viermal muss ich mich umziehen. Jedes Mal staubt mich die Visagistin neu ein. Mittlerweile trage ich fünf Schichten Lippenstift. Drei Stunden lang versuche ich angestrengt, locker zu sein. Die Fachkräfte sehen mir dabei kritisch zu. Dabei erörtern sie, wie man bei echten Stars die Krähenfüße und das Doppelkinn wegpflastern und abbinden würde. Mir bleibt das erspart.

Erst mit den letzten Bildern scheint der Fotograf zufrieden zu sein. Da trage ich endlich das, was mir am besten gefällt: schöne dunkle Tarnfarben. Außerdem habe ich die Brille abgenommen, damit ich die skeptischen Gesichter nicht mehr sehe. Freudig flüstere ich vor mich hin: »Gleich kann ich gehen, gleich kann ich gehen!« Das bringt anscheinend die erwünschte Lockerheit voll rüber. Ein echter Wirker und Hingucker! Die drei sind zufrieden.

In der U-Bahn sehen mich die Leute so seltsam an. Erst daheim bemerke ich im Spiegel, wie viele Farbschichten mein Gesicht bedecken. Mein Partner bestaunt die Polaroids, die ich dem Fotografen geklaut habe, und meint ehrfürchtig: »Da drauf siehst du ja fünfzehn Jahre jünger aus!«

Ich habe bis auf weiteres die Kommunikation mit ihm eingestellt!

# Facebook und Co.

## Schüler erwerben Medienkompetenz

Ätsch, nicht nur Lehrer altern. Bei Stayfriends im Internet entdecke ich meine allererste eigene Klasse. Der Zauber der Jugend ist dahin. Viele sehen wie ihre Eltern aus, nur dicker. Sie tingeln in der Welt rum und stellen Bilder von ihren Kindern, Hunden und Tätowierungen ins Netz. Ein wenig erschreckt mich die Mail, die mein ehemaliger Schüler Titus mir schickt: »Sind Sie etwa immer noch Lehrerin?« Titus betreibt jetzt ein Geschäft für Sportlernahrung. Der schüchterne Andreas teilt mit, er sei Theaterleiter geworden. Ich frage: »Welches Theater?« Er nennt ein Berliner »Filmtheater« und mein Neid verflüchtigt sich.

Nach einem Jahr habe ich alle Kontaktmöglichkeiten dieser Website genutzt. Außerdem ist die ganze Welt bei Facebook registriert. Na, da geht erst mal die Post ab. Ständig erhalte ich »Freundschaftsanfragen« aus meiner jetzigen Anstalt. Manche Anfrager kenne ich gar nicht. Mit einem Knaben habe ich in den Pausen nur Ärger, weil ich ihn immer wieder von Rangeleien abhalten muss. Er möchte mein Facebook-»Freund« sein. Eine Ex-Schülerin, die dem Unterricht nur unregelmäßig beiwohnte, hat die Schule verklagt, weil ihr einige Zensuren zu ungerecht (d.h. realistisch) waren. Das Verfahren läuft noch. Jetzt lädt sie mich in ihren intimen Zirkel bei Facebook ein. Ein einziger Klick, und ich kann sie aus allen Perspektiven im Bikini betrachten. Sandra aus der Oberstufe hat über 700 Freunde. Wie pflegt man so ein reiches soziales Netz???

Das geht mit öffentlichen »Pinnwänden«. Da stellt man für seine Freunde, Fans und andere Voyeure gewaltige Prosa ins Netz. Der Leser kommentiert mit »Hahaha«, »Du Vollpfosten« oder »Gefällt mir«. Ungeniert legen meine Schüler und Schülerinnen ihr Liebesleben offen. Isabel aus der 8. Klasse schreibt: »Du blöder Arsch, ich habe dir alles gegeben und du verlässt mich wegen dieser Tussi! Ich hasse dich!« Rani schreibt Aphorismen. Jeden Tag schenkt er seinen Lesern einen Sinnspruch über die Liebe. So in dem Stil: »Hasse mich, verlasse mich, zerstöre mich, aber sag nicht, dass du mich liebst.« Lena notiert bei Facebook, was sie gerade so macht: fernsehen, Pizza essen oder duschen. Sie plant außerdem einen Käsekuchen und ein neues Piercing. Lena will nächstes Jahr Abitur machen und Psychologie studieren.

Mädchen, die in Deutsch schüchtern vor mir sitzen, mutieren in der virtuellen Welt zu lasziven Vamps, die lüstern aus der Wäsche schielen. Katja präsentiert der geneigten Öffentlichkeit 160 solcher Fotos. Ihre Eltern haben der Schule strikt verboten, Bilder auf die Homepage zu stellen, auf denen ihre Tochter zu erkennen ist. Auf jedem Gruppenfoto muss Katja unkenntlich gemacht werden. »Wissen deine Eltern eigentlich, dass man dich bei Facebook ausführlich ansehen kann?«, frage ich sie. »Ach, surfen Sie heimlich?«, fragt Katja empört. »Aber Kind, du bist im Netz für jeden frei zugänglich.«

Jonathan platziert stündlich neue Fundstücke auf seiner Facebook-Pinnwand: kurze Videos, in denen Leute von Sprungschanzen und Hausdächern fallen, Witze bedenklichen Niveaus und Fußballergebnisse. Milan »postet« montags ergriffen, wie besoffen er am Wochenende war.

Bei Facebook sammeln viele Anbieter Kontaktdaten. Meine Schüler rücken sie bereitwillig raus, indem sie sich »Küsschen«, »Geschenknüsse« und »ein Lächeln« schicken. Auch mein Postfach wird mit Einladungen und Umfragen zugemüllt. Zum Beispiel könnte ich auf einem Link herausfinden, ob unsere Schulsekretärin mich für einen Arsch hält. Das steht da wirklich. Ich frage sie am nächsten Morgen und sie ist entsetzt. Nie hat sie eine solche Meldung ins Netz gestellt.

Als pädagogische Missionarin kann ich es nicht lassen, zwei Schülerinnen privat eine Mail zu schreiben, warum sie sich so bloßstellen. Ihre Bilder und Mitteilungen würden für immer im Netz zu finden sein, auch für künftige Arbeitgeber. Sie antworten mir auf Facebook: »Hm, kann sein« und machen im Schulgebäude einen Bogen um mich, weil ich außerdem noch angefragt habe, ob sie nichts Besseres zu tun hätten. Wenn ich als Lehrerin genug »Medienkompetenz« hätte, würden meine Schüler natürlich alle viel lieber Shakespeare lesen und Wandteppiche weben.

Mein Partner knurrt beim Betrachten all dieser Facebook-Profile: »Wie gut, dass man die Jugendlichen mit diesem medialen Quatsch von den wahren Problemen der Welt fernhalten kann. Wer die ganze Zeit nur postet, wo ihm ein Pickel wächst, wird sich weder für Atommüll noch für den Afghanistan-Krieg interessieren!«

Ich verschweige ihm, dass ich mit vierzehn auch obskure Verhaltensweisen hatte. Täglich schrieb ich meiner Freundin ellenlange Briefe. Dabei sahen wir uns täglich in der Schule und telefonierten nachmittags stundenlang. Zum Ärger meines Vaters. Damals pflegte man so zwei, drei Freundschaften und nicht 700. Meine Freundin und ich hatten uns stets so viel mitzuteilen, dass wir die Anfangsgründe von Chemie und Physik völlig verpassten. Diese Schulfächer blieben uns auf ewig ein Rätsel. Unsere Briefe sind glücklicherweise nicht erhalten geblieben. Außer meiner Freundin hat sie niemand zu Gesicht bekommen! Hoffe ich. Das wäre mir heute noch peinlich.

# Nicht bei uns! Heimweh nach Köln

Rosenmontags befällt den Kölner Kollegen immer heftiges Heimweh. Er ruft dann in der großen Pause seine alte Schule an und lauscht sehnsüchtig dem Anrufbeantworter: »Alaaf, hej es Karnewall. Mir sain bei de Kappensitzung!« Auf Hochdeutsch: »Guten Tag, wir haben jetzt zwei Tage schulfrei und feiern Karneval, bis der Arzt kommt.«

In Berlin wird am Rosenmontag und Faschingsdienstag gearbeitet! Darüber hinaus haben sie uns den Bußtag und den 17. Juni geklaut! Der Kölner Kollege wirft ein paar Kamellen auf den Schulhof und beginnt einen Exkurs über die politische und religiöse Bedeutung des Karnevals. Eine neue Kollegin aus Basel erklärt gravierende Unterschiede im Faschingsbrauchtum. Kollege Stump hat vor 30 Jahren sein Referendariat in Pirmasens gemacht und steuert weitere Absonderlichkeiten aus der fünften Jahreszeit bei. Als er das Lied von der bunten Feder und dem schönen weißen Arsch anstimmen will, klingelt es.

Der Kölner Exilkollege eilt mit 20 Pfannekuchen in die Oberstufe. Dort lässt er heute Büttenreden analysieren und den Düsseldorfer vom Mainzer Humor abgrenzen. Die Kunstlehrerin aus Rottweil schnitzt mit ihrer 7. Klasse hölzerne Masken und vertreibt damit im Einkaufszentrum böse Geister. Eine Mutter beschwert sich beim Schulleiter über solche heidnischen Aktivitäten.

Im Dienstbericht des Kölner Kollegen steht, dass er wenig Integrationsbereitschaft zeigt. Im Gegenteil, er möchte anderen seinen Sozialisationshintergrund aufzwingen. Dabei bilden wir karnevalsfernen Berliner die Mehrheitsgesellschaft. Die hiesige Zielkultur ist das narrenfreie Preußentum! Als tolerante Großstädter lassen wir den Zuwanderern allerdings ihr kulturelles Erbe und ihre befremdlichen Traditionen, solange wir nicht mitschunkeln und uns verkleiden müssen.

Wir tragen es mit Fassung und beruhigen irritierte Schüler, als über den Schullautsprecher am 11. November ein kerniges »Helau« zu hören ist. Wir reagieren gelassen, als der Kölner vor einer Dienstbesprechung Tröten und Hüte verteilt und alle abküsst. Die Grenze ist aber überschritten, als er beim Tagesordnungspunkt »Mitteilungen« eine Büttenrede in Versform und im Dialekt seiner Heimat hält. Als wir nur gequält lächeln, wirft er uns vor, wir würden zum Lachen in den Keller gehen. Der Schulleiter ist sprachlos und lässt ihn gewähren. Aber seither gibt es an den närrischen Tagen keine offiziellen Termine mehr.

Dafür hat der Kölner die beiden Schulsekretärinnen infiziert. Sie jagen mit ihren Büroscheren Männer durchs Gebäude und schneiden Schlipse ab. Kollege Stump verliert die Hälfte seiner teuren Seidenkrawatte, ein sensibler Schüler muss mit einem Schock ins Krankenhaus. Die jüngere Sekretärin hat sich als Funkenmariechen beworben. Angeblich gibt es in Berlin über 20 Karnevalsvereine. Das Casting dort ist strenger als bei Dieter

Bohlen. Die Beinlänge der Schulsekretärin entspricht leider nicht dem Gardemaß.

Um mich für diese Glosse in Stimmung zu bringen, habe ich im Fernsehen etliche Karnevalssendungen angesehen. Anfangs war ich noch verstört. Elf bierernste Männer mit seltsamen Mützen saßen auf einer Bühne. Ihre Büttenreden und Moderationen erfüllten ausnahmslos den Tatbestand der Körperverletzung. Das Publikum (Indianer, Kardinäle und Vampire) amüsierte sich köstlich. Ob die dafür Geld bekommen, dass sie lachen?

Unter Zuhilfenahme einer Flasche Sekt musste ich zweimal schmunzeln. Nach der zweiten Flasche Sekt tanzte ich eine Polonaise durchs Wohnzimmer und unterstützte die Sprechchöre im Fernsehen mit »Kokolores!« – »Kikeriki!« Mein Partner hörte am Schreibtisch meine fröhlichen Rufe und gesellte sich zu mir. Er hielt die Zeit für gekommen mir zu gestehen, dass er früher in der Eifel Karnevalsprinz gewesen sei und den Bürgermeister verhaftet habe. Sein Kostüm samt Zepter hielt er bisher im Keller versteckt. Glücklicherweise passt es nicht mehr.

# Der Dienstweg zum Olymp

Unmut gärt in deutschen Lehrerzimmern. Die KollegInnen sollen Dienstbriefmarken und Dienstklopapier künftig selber bezahlen und anschließend steuerlich geltend machen. Nachdem kurz zuvor das Pensionsalter auf 70 und die Klassenfrequenz auf 45 angehoben wurden, scheint es mit der unendlichen Geduld der Lehrerschaft vorbei zu sein. Selbst unter verbeamteten Lehrern kursiert leise-drohend das Wort »Streik«. Zwei besorgte Kollegen beschließen, persönlich bei ihrem Dienstherrn vorzusprechen und ihrer Beratungspflicht als Beamte nachzukommen. Sie haben gerade eine Deeskalationsfortbildung absolviert. »Wann ist denn bei Ihnen die Bürgersprechstunde?«, erkundigen sie sich am Telefon. Die Vorzimmerdame reagiert ungnädig. Solche »Bürgerkontakte« seien nicht vorgesehen und auch nicht erwünscht. Bei Ackermann könne man auch nicht einfach vorbeikommen. Die Kollegen mögen den vertikalen Dienstweg einhalten, falls sie dem Herrn Minister etwas mitzuteilen hätten.

Also »verschriftlichen« oder »verschriften« die beiden Kollegen ihr Anliegen – nicht ohne ihrer Enttäuschung über das verweigerte Gespräch Ausdruck zu geben. Der Schulleiter leitet den Brief jedoch nicht weiter. So ein unsachliches Schriftstück schädige sein Ansehen. Wer nicht in der Lage ist, sein Personal kurzleinig zu führen, wird nie im Leben stellvertretender Oberschulrat!

Die beiden Kollegen überarbeiten ihren Brief und schicken ihn zurück auf den Dienstweg. Diesmal verfängt er sich in den Händen der Schulrätin, die zwischen den Zeilen Spott zu erkennen glaubt. So geht das nicht!

Der Dienstweg ist die längste Entfernung zwischen zwei beliebigen Punkten. Mittlerweile sind elf Wochen ins Land gegangen. Zähigkeit ist eine Berufstugend des Lehrers: Die beiden Kollegen senden ihr Anliegen ein drittes Mal ab. Diesmal als offenen Brief an zwei regionale Zeitungen, die immer gern einen Blick hinter Schulfassaden erhaschen. Offene Briefe werden ja hoffentlich irgendwie beim Adressaten landen. So ist es: Die Kollegen bekommen eine Abmahnung und die Androhung, bei weiterem ungebührlichen Verhalten die großzügige Leistungsprämie zum 25jährigen Dienstjubiläum zu verlieren. Immerhin 50 Euro! Nur die Pressestelle des Bildungsministeriums sei zu Stellungnahmen in den Medien berechtigt. Der einzelne Lehrer nicht!

Zeitgleich werden in allen Gemeinden Podiumsdiskussionen zur Bildungsreform angekündigt. Der Herr Minister wird persönlich »performen« und seine Ideen von oben nach unten »kommunizieren«. Die beiden Kollegen freuen sich auf die Diskussion. Zur Verstärkung nehmen sie die GEW-Betriebsgruppe ihres Oberstufenzentrums mit. Zu viert setzen sie sich in die erste Reihe. Aber Ordnungskräfte zerren sie weg. Hier ist für die Schulaufsicht reserviert!

Die Kollegen trollen sich und lauschen drei gefühlte Stunden lang all den Fakten, die sie schon seit Monaten aus Dienstschreiben und Zeitungsartikeln kennen. Die leitende Schulrätin erklärt, dass die anschließende Diskussion einer Strukturierung bedürfe. Dazu möge man seine Fragen in Druckbuchstaben auf Zettelchen schreiben und selbige in den großen Papierkorb vor der Bühne werfen. Die Kollegen füllen eifrig Zettel um Zettel aus und warten gespannt auf Antwort. Ihr Dienstherr bekommt fünf Fragen zugeteilt und äußert Unverbindliches. Dann muss er ganz schnell weg. Das nächste Fernsehinterview wartet. Er hinterlässt indignierte Lehrer und Eltern. Die leitende Schulrätin weist kühl den Vorwurf der Zensur und Pseudo-Diskussion zurück, verweigert eine Stellungnahme zu bezirksinternen Problemen und beendet die Veranstaltung. Tags drauf lobt die Presse das unermüdliche Bemühen des Herrn Minister um Basisdemokratie und Volksnähe.

Auf der nächsten Dienstbesprechung räsonieren die beiden Kollegen über feudalistische Strukturen im Berufsalltag. Wie(so) sollen sie ihre Schüler eigentlich zu Mündigkeit und Zivilcourage erziehen? Der Schulleiter, ein leidenschaftlicher Altphilologe, zitiert eine lateinische Spruchweisheit, die außer ihm niemand versteht, und gibt zu bedenken, dass den griechischen Göttern auf dem Olymp auch nicht jeder Helot und Bauer hätte reinreden können. Das Berufsbeamtentum habe sich seit altägyptischer Zeit bewährt und sei durchaus mit den Zielen des Grundgesetzes zu vereinbaren. Und dann verteilt er an brave Kollegen die letzten Dienstfahrscheine und Dienstbriefmarken.

# Ich kann zaubern

## Die Allmacht des Lehrers

Ich liebe meinen Beruf. Er gibt mir Kraft und Selbstbewusstsein. Die Gesellschaft setzt nahezu grenzenloses Vertrauen in mich und meine Fähigkeiten. Selbst kritische Schüler, die nicht mehr an den Klapperstorch glauben, halten mich für allwissend und allmächtig.

Es ist Mittwoch, kurz vor zwölf. Ich überlege vor der geschlossenen Schulbibliothek, wie ich an Geschichtsbücher komme. »Wissen Sie, wo Herr Külpnagel Unterricht hat?« Der junge Mann aus der Mittelstufe sieht mich erwartungsvoll an. Natürlich kenne ich die individuellen Stundenpläne aller 75 Kollegen und Kolleginnen auswendig: »Raum 117. Da hat er gerade Physik. Oder er ist im Computerraum.« Solche Routinefragen beantworte ich aus dem Stegreif. Auch überraschende Sachprobleme löse ich jederzeit kompetent: »Wissen Sie, was auf Chinesisch ‚Viel Glück‘ heißt?« – »Wie berechnet man die Elastizität eines Gummibärchens?« – »War Tschaikowsky wirklich schwul?« – Fragt mich! Ich weiß alles!

Meine Schüler erwarten von mir Antwort auf die Fragen, wer ihren Tisch beschmiert, aus ihrer Cola-Flasche getrunken, ihren Radiergummi oder ihren iPod geklaut hat. Selbst ein guter Kriminalist stößt da an seine Grenzen, wenn es keine Zeugen, keine bestimmte Tatzeit und keine Verdachtsmomente gibt. Der Blick der Kinder ist voller Zuversicht. Natürlich finde ich die Schmierer und Mundräuber und bringe den iPod zurück, der in der Zwischenzeit dreimal weiterverkauft worden ist.

Morgens lasse ich einen Aufsatz schreiben. Mittags fragt mich Klara gespannt nach dem Ergebnis. Ich hatte zwar auch zwischendurch Unterricht, aber ich habe heimlich unterm Lehrerpult 25 Aufsätze korrigiert. Das schaffe ich in nur 45 Minuten spielend und kann dabei sogar noch verfolgen, was für einen Unsinn die beiden Referenten in Geschichte präsentieren.

Sie haben herausgefunden, dass Martin Luther King gegen die Gleichberechtigung der Schwarzen war und George Washington 1994 Präsident der USA geworden ist. Eine beachtliche Leistung für einen Toten! Einige Schüler glauben ja auch, dass Bismarck im ersten Weltkrieg die Mauer gebaut hat. Aber ich schaffe es, ihnen in einem einzigen Schuljahr geschichtlichen Halt zu geben. Vom ersten Weltkrieg bis zur Gegenwart, unter Einbeziehung aller aktuellen Konflikte. Und das in nur einer einzigen Wochenstunde! Kein Problem. Ich kann das. Ich mach' das. Der Bildungsminister und die Rahmenplankommission glauben an mich. Ich werde sie nicht enttäuschen.

An meine Omnipotenz glauben auch die Kindseltern. Eine Mutter erklärt: »Ich habe gar keinen Einfluss mehr auf Max-Xaver. Wie soll ich ihn dazu bringen, regelmäßig die Schule zu besuchen? Vielleicht finden Sie einen Zugang zu ihm?«

In meiner 9. Klasse sind 32 Jugendliche. Fast alle haben Probleme mit sich, mit der Familie und dem Leben. Aber ich finde immer Zeit, Mittel und Wege, um jeden einzeln anzusprechen, seine Schwierigkeiten und besonderen Fähigkeiten zu eruieren, individuelle Lernwege festzulegen und alle Probleme zu beseitigen. Ich hole die Schwänzer ins Boot zurück, löse den Schweigsamen die Zunge, finde für Shari-Lee nettere Eltern und für Korbinian einen krisensicheren Job. Dafür bin ich doch da. Ich erfülle alle Lehrplanverpflichtungen in Geschichte, Deutsch, Erdkunde, Ethik und Musik. Ich unterrichte fachfremd Physik und Chemie, wenn Not am Mann ist. Nebenbei fülle ich Statistiken und Evaluationsbögen aus, hefte alle nur möglichen Formulare in Schülerbögen, organisiere eine Reise nach Usbekistan, eine Partnerschaft mit einer albanischen Schule und ein Theaterprojekt. Und ich schaffe bei Max-Xaver in nur vier Wochenstunden all das, was seine Eltern in 17 Jahren nicht erreicht haben. Meine pädagogische Zauberkraft macht den Jungen sozial kompatibel und leistungsstark.

Ich kann auch durch Wände sehen. Wenn Eltern spontan in die Schule kommen, weiß ich genau, was ihre Tochter gerade in Mathematik lernt und welche Schwierigkeiten ihr Sohn in Spanisch hat. In meiner Klasse unterrichten durch das Kurssystem 30 Lehrer, die sich in sechs verschiedenen Lehrerzimmern aufhalten. Da ist es doch kein Kunststück, als Klassenlehrerin immer aktuell informiert zu sein.

Am meisten setzen »Bildungsexperten« und Journalisten auf meine Allmacht. Und sie haben damit völlig Recht! Ich werde alle meine Schüler zu einem schulden- und drogenfreien Leben führen. Ich werde ihnen Ich-Stärke, Medienkompetenz und emotionale Intelligenz vermitteln. Meine Schüler werden freudig im Team arbeiten, lebenslang lernen und sich nahtlos in die Wissensgesellschaft einfügen – und ihren Kindern erzählen, was für eine tolle Lehrerin sie hatten. Ich bin omnipotent! Ich bin eine Hexe, eine Zauberin, ich bin der liebe Gott. Ich kann alles!

Sie müssen nur fest an einen Menschen glauben. Dadurch geben Sie ihm die Kraft, all das zu schaffen, wovon Sie träumen.

# Zensuren – da hört die Freundschaft auf

Als Schülerin hatte ich mal 'ne Fünf in Physik. Nie wäre ich auf die Idee gekommen, die Schuld dafür bei meinem Lehrer und seinem erlebnisarmen Frontalunterricht zu suchen. Meine Eltern auch nicht. Die haben mit mir gemeckert, und mein Vater wollte mir Nachhilfe geben – da habe ich lieber wieder in der Schule aufgepasst.

Die Zeiten haben sich geändert. Bei Zensuren hört die »Freundschaft« auf. Eben noch reizende Kinder mutieren zu kleinen Teufeln, engagierte Eltern schweben als Racheengel ein, wenn die Mathezensur nicht ihren Vorstellungen entspricht. Telefonate einer empörten Mutter mobilisieren eine aufgeregte Elternschaft, die den Äußerungen ihrer Kinder unbedingten Glauben schenkt. Wie kann man bitte die Zensuren eines Lehrers ernst nehmen, der jede Stunde zu spät kommt und 30 Minuten braucht, um die Anwesenheit der Schüler zu kontrollieren? Eine Phalanx wütender Mütter erscheint bei der Schulleiterin. Der Gedanke, die Äußerungen der lieben Kleinen ein wenig zu relativieren oder zuerst mit dem Fachlehrer zu reden, kommt ihnen nicht. Als die Schulleiterin ein wenig ungläubig lächelt, wird mit Schulrat, Anwalt und Boulevardpresse gedroht.

Der beschuldigte Kollege muss im Keller seine alten Leistungskontrollen raussuchen und jede mündliche Zensur mit Datum und Thema belegen. Der Fachbereichsleiter darf ein ausführliches Gutachten dazu schreiben.

Je nachdem, wie gut die Nerven aller Beteiligten sind, wird die beanstandete Zensur wunschgemäß angehoben, damit der Konflikt nicht beim Verwaltungsgericht landet. Ob Eltern und Schüler sich eigentlich gern an Ärzte und Anwälte wenden, die ihre Examensnoten auf diesem Weg »erarbeitet« haben? Manche Kollegen gehen solchen Streitereien aus dem Weg, indem sie Klassenarbeiten so lange üben, korrigieren und wiederholen, bis kein Schüler mehr eine Fünf schreibt.

»Zensuren sind reine Willkür und dienen nur dem Machterhalt der Lehrer«, sagt die Elternvertreterin kühl. Sie hat gelesen, dass bayerische Lehrer ein und denselben Aufsatz mit Zensuren von Eins bis Sechs bewertet haben. Seither müssen manche Deutschlehrer ein genaues Bewertungsschema für Phantasieaufsätze einhalten. Bis zu zehn Punkte können Schüler in folgenden Bereichen erhalten: verheißungsvolle Überschrift, fesselnde Einleitung, raffinierter Schluss, virtuoser Spannungsbogen, Ideenreichtum und Originalität ohne deutlichen Medieneinfluss, korrekter Gebrauch der deutschen Schriftsprache, erkennbare Handlungsstruktur, nachvollziehbarer Inhalt, innere Logik, stilistische Vielfalt. Manchmal kommt bei so einer schematischen Beurteilung eine Zwei plus heraus, obwohl langjährige Erfahrung der Lehrkraft zuflüstert, dass das Gesamtkunstwerk allenfalls eine Drei verdient.

Auf Elternabenden stößt die Fraktion »Schule ohne Notendruck« auf die Initiative »Leistung muss sich lohnen«, die schon in der ersten Klasse harte und ehrliche Noten fordert und mit ellenlangen verbalen Beurteilungen nichts anfangen kann. »Timo bewegt sich im Zahlenraum von eins bis zehn schon recht sicher, wenn er guter Dinge ist.« Was ist das nun umgerechnet? Eine Fünf oder eine Zwei? Die Lehrerin windet sich und spricht von pädagogischen Noten. Schließlich soll sie individuelles Lernen fördern und kann nicht alle Schüler über einen Kamm scheren. Ein Schüler, der begabt und stinkend faul ist, bekommt bei ihr genauso eine Vier wie ein »Versager«, der sich aber immerhin bemüht hat. Um 22.30 Uhr erscheint die Hausmeisterin gähnend im Türrahmen, sonst würde der Streit um objektive Zensuren noch andauern.

In der Zeit sehe ich mir lieber Fernsehübertragungen vom Eiskunstlauf an und wettere über die russischen und kanadischen Kampfrichter, die konsequent nur ihre Lieblinge mit Höchstnoten belohnen. Und die dennoch von Elternprotesten und Verwaltungsgerichten verschont bleiben.

# »Die Dümmsten aus meiner Klasse sind Lehrer geworden!«

## Studie über den Dünkel

Der neue Nachbar outet sich als Lehrer. Daraufhin stellt der lispelnde Gastgeber befriedigt fest: »Die Dümmsssten ausss meiner Klassse sssind Lehrer geworden!« Der Lehrer ist sprachlos, die anderen Gäste reagieren vergnügt.[*]

Koryphäen aus Wirt- und Wissenschaft vergeben Stipendien an begabte Abiturienten. »Was möchten Sie denn einmal werden?«, wird ein Kandidat gefragt. »Lehrer!« antwortet der. »Wollen Sie nicht lieber etwas Vernünftiges studieren?« Die Kommission ist befremdet. In diesen Kreis hat sich eine Hauptschullehrerin verirrt. Die echauffiert sich über den Ausspruch. Liest sie keine Zeitung? Sonst wüsste sie doch, was für ein Image ihr Beruf seit Jahren hat.

Der Pädagogikprofessor, dessen Gedankenjuwelen bundesweit zitiert werden, trifft einen früheren Assistenten. Der ist jetzt im Schuldienst. Der Professor mokiert sich: »Was? So tief sind Sie gesunken?« In der Presse propagiert er jedoch gern, dass nur die Besten Lehrer werden sollten!

»Die Besten« möchten aber lieber ordentlich verdienen und sich nicht jeden Tag über Lehrerschelte ärgern. Geisteswissenschaftler z.B. träumen von einem Lektorat oder von der

Ressortleitung eines überregionalen Blattes. Andere Leistungsträger verkriechen sich in den Archiven der Universitäten und beschäftigten sich mit eindrucksvollen Problemstellungen, zum Beispiel mit der medialen Selbstreferenz in »Micky Maus« oder mit den Männernamen in bulgarischen Volksliedern (in das letztgenannte Dissertationsthema bin ich so verliebt, dass ich es sicher schon mal zitiert habe).

Einer dieser wissenschaftlichen Schatzgräber bedauert öffentlich die geistige Stagnation von Schullehrern, die sich immer mit demselben Stoff befassen. Dass er alle drei Jahre dieselben Seminare durchführt, ist etwas ganz anderes. Er hat schließlich Niveau!

Ein »Schulmeisterlein« hat einen Lehrauftrag an der Uni ergattert. Leider krankt dieser Lehrer an Kompetenzverirrung, denn er propagiert, auch Professoren müssten sich mit Methodik befassen. Die Resonanz? Spott und Hohn. Methodische Tricks an der Universität? Hier läuft es doch bestens nach der Devise »Friss oder stirb«. Methodik gehört in den Kindergarten, an die Grundschule! Der Lehrauftrag wird nicht verlängert.

Luzide Neuigkeiten verspricht eine Ringvorlesung am PISA-Forschungszentrum, zu der gezielt auch Schullehrer eingeladen wurden. Der professorale Organisator lobt die drei Lehrer im Publikum dafür, dass sie einen Blick über den Tellerrand werfen wollen. Für die Gäste gibt es keine überraschenden Erkenntnisse. »Die Situation junger Emigrantinnen« kennen sie umfassend aus ihrem Alltag. Aber angesichts der überwältigenden wissenschaftlichen Termini schweigen sie höflich. Der Professor ist zu Recht für ihre Anwesenheit dankbar, denn im Gegensatz zu ihm wissen sie genau, wovon er spricht …

Ein Forschungsteam des Fachbereichs Erziehungswissenschaften will an einer Schule evaluieren, standardisieren, illuminieren. Auf dem roten Teppich wandeln die illustren Gäste zum Direktor. Der hält ihnen die Tür auf und schlägt die Hacken zusammen. Die Sekretärin serviert Lachsschnittchen und Jamaica Blue Mountain. Eltern, Schüler und Lehrer müssen umfangreiche Fragebogen ausfüllen, die sie zum Teil kaum verstehen.

Mit der Auswertung promoviert einer der Assistenten. Vorher vermittelt er der Gesamtkonferenz seine sensationellen Ergebnisse. Mit bunten Schaubildern und Säulendiagrammen, damit die Dummerchen ein wenig nachvollziehen können, wovon die Rede ist. Sie lauschen gebannt. Der junge Experte verkündet zum Beispiel, dass in den leistungsstärkeren Kursen der Gesamtschule die Schüler besser lesen und schreiben können! Wer hätte das gedacht! Er hat auch herausgefunden, dass die Schwierigkeitsgrade der Klassenarbeiten den jeweiligen Kursstufen angepasst sind. Wie gut, dass er die dumpfen Instinkthandlungen von Lehrern wissenschaftlich transparent macht!

Selig die Lehrer, die einen Weg gefunden haben, dem Schultrott zu entrinnen, etwa in den Personalrat, in die große Politik oder in die freie Wirtschaft. Ein Kollege, der an ein Fortbildungsinstitut delegiert wurde, möchte wieder in die Schule zurück. Er behauptet, fern von seinem

Beruf den Praxisbezug zu verlieren. Er will nicht weiter über Dinge schwadronieren, deren Bedeutung er einzuschätzen verlernt. Die anderen halten ihn für verrückt.

Nur die Besten sollten Lehrer werden! Fordern Politiker, Kabarettisten und Hirnforscher. Dass sie selber zur höchsten Elite gehören, setzen sie dabei stillschweigend voraus.

Eine Studentin macht an einer Gesamtschule ein Praktikum. Der Assistent, ein Literaturwissenschaftler, führt sie nach jeder Probestunde akribisch und kritisch vor. Er hat zwar keinen Bezug zur Lebenswirklichkeit der Schüler, kennt aber Begriffe wie Deixis, Katachrese und Distrophon (vgl. Kapitel 22 »Hohlsprech«, das erste Modul). Und obwohl er nie mit Jugendlichen gearbeitet hat, weiß er ganz genau, wie man sie erreichen kann.

Wenn doch die Lehrer endlich mal auf solche Experten hören würden. Dann wüssten sie, wie man Schüler interessiert, fasziniert und gewinnt, wie man eine Klasse ruhig bekommt, für Disziplin sorgt, Konflikte regelt, gegen Mobbing vorgeht und stabile, vielseitige Persönlichkeiten erzieht!

---

*) »Wer nichts kann, wird Lehrer.« – Das glaubten im Jahre 1993 immerhin 67,5 Prozent der Universitätsangehörigen. Nach Brösel/Eimer u.a.: »Imagination und Mystizimus im Bereich der Lehrerbildung«, Ilskirchen 1993, S. 54 ff.

# Vorsicht, Tanzen schadet Ihrer Beziehung!

Das Paar bleibt mitten auf der Tanzfläche stehen. Der Mann hat Schweißperlen auf der Stirn und etwas Stures im Blick. Die Frau zischt: »Wie soll ich eine ganze Drehung schaffen, wenn du deinen Arm einfach nur hoch hältst? Du musst mir Schwung geben!« Gleich daneben trägt ein Paar einen nonverbalen Ringkampf aus. Ein anderer Mann überspielt seine Anspannung, indem er ständig »witzige« Bemerkungen macht.

Die Tanzlehrerin spricht in hübschen Bildern: Der Mann solle sich bei der Drehung einfach vorstellen, dass er einen schweren Müllsack über einen Zaun werfen muss. Sie hat großes Verständnis für die anwesenden Männer, die nun mal kein Multitasking beherrschen. Es sei ganz kompliziert für sie, mit den Füßen die richtigen Tanzschritte zu machen und gleichzeitig mit den Armen die Führung zu behalten. So,so. Aber rauchen, Fußballzeitung lesen und dabei Bier trinken – das können sie! Eine Frau reibt sich den schmerzenden Ballen und sieht ihren Partner vorwurfsvoll an.

Endlich Pause. Die Männer stürmen die Bar, die Tanzlehrerin sagt den Frauen: »Ihr müsst eure Kritik konstruktiver formulieren. Sonst kommt Er nächstes Mal nicht wieder!« Eine harte Drohung. Was wird aus dem ebay-Ballkleid, wenn der Mann nicht entsprechend eingearbeitet ist? In der Pause unterhalten sich einige Paare entspannt. Andere sehen schweigend die Wand an oder

blättern in Tanzschulprospekten. Ob frau nicht doch lieber Irish Step Dance oder hawaiianischen Hula lernt? Dazu braucht man keinen Partner. Zwei ehrgeizige Paare üben während der Pause weiter. Ihre Armhaltung sieht gefährlich aus. Glücklicherweise praktiziert gleich um die Ecke ein Orthopäde.

»So, jetzt wechseln wir alle mal den Partner!«, flötet die Lehrerin nach der Pause. »Wir wollen doch nicht, dass sich Fehler einschleifen.« Was, den ganzen Stress nun auch noch mit einem Fremden? Ein Paar versteckt sich hinter dem Pfeiler und entgeht so dem angedrohten Partnertausch. Die Tanzlehrerin rät dringend dazu, die neuen Schritte daheim zu üben. Erst nach der tausendsten Drehung hätte man Routine. Wie motivierend.

Ich werde nie verstehen, warum so viele Frauen ihre unwilligen Männer in die Tanzstunde zerren. Ist es nicht längst zu spät, die männlichen Hirnhälften zu vernetzen? Es gibt doch andere schöne Hobbys, die man gemeinsam ausüben kann – etwa Klöppeln, Gartenkeramik oder Selbsthypnose. Aber nein, er soll partout tanzen! In vielen Annoncen suchen Frauen händeringend Tanzpartner für allerlei Ungemach wie Tango oder Salsa. Was könnten Männer Weiber haben, wenn sie gute Tänzer wären …

Wider besseres Wissen habe ich meinen neuen Lebenspartner missioniert und manipuliert, weil auch er die Freuden des Tanzens einfach erleben muss! Außerdem bin ich immer ganz neidisch, wenn ich in »Locations« für die reife Jugend heißblütige Mittsechziger sehe, die einen rasanten Quickstep hinlegen. Und mein Partner und ich können nur so einen mickrigen Foxtrott-Grundschritt mit zwei Rock'n'Roll-Figuren.

Den Anfängerkurs belege ich mit einem Freund mittlerweile zum 5. Mal. Einmal bin ich sogar bis zum Bronze-Star-Kurs aufgestiegen, allerdings mit einem Mann, der in den temperamentvollen Tanzlehrer verknallt war und nicht mehr weitermachen wollte, als der Lehrer nach Bielefeld ging. – Mein Problem ist aber, dass ich seit vielen Jahren in einer Folkloregruppe als Mann tanze. Und ich bin gut! Die Weiber reißen sich um mich. Warum soll ich nun so tun, als könne man mich führen? Vor allem dann, wenn ich es viel besser weiß?

»Mann, konzentrier dich doch mal! Du darfst nicht einfach stehen bleiben, du musst den Grundschritt weitermachen!«, mahne ich. Mein Partner schnaubt nur und tritt gegen mein Schienbein.

# Berufskrankheiten

## Schule macht nicht nur dumm, sondern auch krank

Trotz aller Whiteboards, Lernspiralen und Lernpyramiden spielen Stimme und Sprache des Lehrers immer noch eine gewisse Rolle. Leider sind sie nach Dauergebrauch von Degenerationserscheinungen betroffen. Eine umfassende Langzeitstudie[2] hat Störungen im kommunikativen Verhalten von Lehrern untersucht. Interessanterweise wurden dabei – entgegen allen gängigen Klischees – nur geringe Unterschiede zwischen den Geschlechtern festgestellt. Allenfalls beim Gebrauch des Stimmfühlungslauts überwiegt der Anteil der Frauen. Der Stimmfühlungslaut kommt bei Wildgänsen (Junggans:»wi-wi-wi« – Altgans:»gang-gang-gang«) und Menschen (»Ei, ei, ei, wo ist denn der kleine Mann?« – »Räbäh!«) vor und dient dem Zusammenhalt der sozialen Gruppe. Er hat keine informative Funktion.

Hier erfahren Sie mehr über gängige Störungen im Gesprächsverhalten:

---

2  Brösel / Eimer: »Progression kommunikativ-verbaler Defekte in der Psychogenese von Lehrkörpern«, Ilskirchen 2009.
Für interessierte Kollegen bieten die Wissenschaftler folgende Fortbildungen an:
»Paralleles Sprechen« und »Wie täusche ich aktives Zuhören vor?«

## Die Wiederholer

Lehrer sind häufig mit begrenzter Aufnahmefähigkeit konfrontiert. Über viele Berufsjahre hinweg haben manche Kollegen die Zwangsstörung entwickelt, ein und denselben Sachverhalt mehrfach in jeweils anderen Worten zu erklären – nicht nur im Unterricht, sondern auch im Privatleben. Selbst wenn der Gesprächspartner bereits Verständnis signalisiert hat, wird ihm in kindgerechter Diktion mindestens noch dreimal dargelegt, wie man beispielsweise Zimtsterne bäckt.

Gerne problematisieren die infizierten Menschen auch ihre Fragen: »Steht die Fallschirm-Arbeitsgemeinschaft eigentlich allen Schülern offen?« »Ja.« »Es könnte ja sein, dass nur die Oberstufe hindarf.« »Nein, nein, die AG ist für alle Schüler gedacht.« »Na ja, manchmal gibt es doch Altersbeschränkungen, deshalb frage ich.« »Nein, die gibt es nicht.« »Dürfen auch Mädchen teilnehmen?« »Ich sagte doch: Alle dürfen hin!« So ein »Gespräch« kann sich hinziehen und die Geduld des Gesprächspartners auf eine harte Probe stellen.

Manche »Wiederholer« hören sich einfach gern reden. Andere sind durch Presse und gesellschaftliche Vorurteile so verunsichert, dass sie sich unentwegt rechtfertigen und rückversichern müssen.

## Autisten

Als höflicher Mensch reagieren Sie, wenn jemand zu Ihnen spricht. Im Lehrerzimmer werden Sie mitunter feststellen, dass Lautäußerungen an gar niemanden gerichtet sein müssen. Der Kollege ignoriert Ihre freundliche Antwort, grabbelt weiter in seinen Papieren herum, flucht und brabbelt und stellt rhetorische Fragen, die er gleich selber beantwortet: »Was ist denn das für ein Mist? – Ach so, das neue Curriculum für Medienkompetenz.«

Von Erzieherinnen wird dieses »versprachlichte und kommentierte Tun« zur Förderung des frühkindlichen Spracherwerbs verlangt: »Jetzt hole ich die Geburtstagstorte und Timmy bläst alle vier Kerzen aus!«

Unter Erwachsenen wirken Selbstgespräche eher befremdlich. Wahrscheinlich fühlen sich viele Lehrer einsam und von der Gesellschaft im Stich gelassen und suchen im Gespräch mit sich selber Trost und Bestätigung.

Zwischenredner und Unterbrecher
Lehrer sind ständig auf dem Sprung: vom Unterricht zur Vertretung, von der Toilette zur Aufsicht, von der Gewaltprävention im Flur zu spontan aufkreuzenden Kindseltern. Deshalb können manche nicht abwarten, dass unwichtiges Pausengeschwätz über Integration und Altersteilzeit ein Ende findet, und platzen in jedes Gespräch rein. Auch verschlossene Türen bei der Schulleitung halten sie nicht auf. Leider hat brachiale Sprachgewalt eine einschüchternde Wirkung. Meist stellen die anderen sofort ihr Gespräch ein, wenden sich dem Unterbrecher zu und verstärken somit ungewollt seinen Drang zu Störungen.

Auf dem Höhepunkt seiner Erkrankung verlässt der Unterbrecher nicht einmal mehr seinen Schreibtisch, sondern brüllt durchs Lehrerzimmer, besonders gern, wenn jemand ein wichtiges Telefonat mit dem Jugendamt führt.

Eine sanftere Spielart des Unterbrechers ist der Zwischenredner, der zu jedem, aber auch wirklich jedem Thema etwas zu sagen hat und erst dann zufrieden ist, wenn er ein Gespräch an sich gerissen hat und ungestört monologisieren kann.

### Stimmfühler

In kaum einer Schule finden sich ruhige Arbeitsmöglichkeiten für Lehrer. Und selbst wenn es so etwas gibt – die nächste Kollegin, die hereinkommt, schafft es nicht, still Platz zu nehmen. Die Situation muss durch zwei, drei Stimmfühlungslaute »entschärft« werden. Der Inhalt spielt dabei keine Rolle: »Na, hast du auch so viele Springstunden?« Ein kurzer Wortwechsel, und frau könnte in Ruhe weiterarbeiten. Leider ist das nur selten der Fall. Aus drei Sätzen werden viele, und der Rotstift bleibt ungenutzt. In der zweiten Springstunde kommt die nächste Kollegin herein und fragt: »Ach, korrigierst du auch gerade den Kompetenztest?«

Wer wirklich in Ruhe arbeiten will, zieht sich deshalb in ungenutzte Sprachlabore oder Kellerräume zurück.

## Schauspieler

Es gibt auch in kaum einer Schule Rückzugsmöglichkeiten für vertrauliche Gespräche. Jeder mündliche Kontakt mit Eltern, Großeltern und Familienhelfern findet in aller Öffentlichkeit statt. Nach langer Berufspraxis können manche Kollegen gar nicht mehr ohne Publikum arbeiten. Sie laufen erst zu großer Form auf, wenn Unbeteiligte anwesend sind. Wie ordentliche Schauspieler achten sie dann auf überdeutliche Artikulation und ausgewählte Lexik und bauen kleine Witze und Bonmots ein, die nur die Zuhörer verstehen. Sie führen quasi ein Gespräch auf zwei Ebenen. Das klingt wie eine besondere Fähigkeit, in Wirklichkeit handelt es sich um eine ernsthafte Affektstörung, die nur schwer zu heilen ist. Genauso wie die analoge Erkrankung des notorischen Zuhörers, der stets die Ohren spitzt und die Nähe zu interessanten Gesprächen sucht.

# Ehrliche Arbeit

## Roden, jäten, säen und ernten

Auf der Fortbildung »Lehrer und dennoch gesund« traf ich eine Kollegin, die ziemlich ramponiert aussah. »Du hast wohl eine Katze?«, fragte ich. Nein, sie arbeite mit schwer gestörten Kindern, die manchmal kratzen und beißen. Deshalb frische sie regelmäßig ihre Tetanusimpfung auf. Das mache ich auch, seit ich im Garten arbeite.

Im Herbst zog ich mit tausend Schulbüchern und Aktenordnern zu meinem Liebsten. Die Brache hinter seinem Hexenhaus interessierte mich anfangs nicht sonderlich. Ich hatte am Wochenende genauso wenig Lust zur Landschaftspflege wie mein Partner, der über seinen Klausuren wie Barbarossa mit dem Tisch verwuchs. »Schade, dass deine Freundin keine Gartenarbeit mag«, flötete die Nachbarin rechts. »Aber so ein rustikaler Garten ist ja auch ganz schön«, spottete der Nachbar links.

Beide Nachbarn beackern mit Hingabe ihre Furchen. In unserer Brache hat die Natur freie Fahrt: Trockenblumen ragen in die Luft, Baumkronen verwachsen miteinander, der Stapel mit dem Todholz wird groß und größer. Der »Rasen« mutiert zur Magerwiese, übersät von Kiefernnadeln und Kienäppeln.

»Ihr habt sauren Boden«, stellt meine Freundin fest, als sie mich im neuen Domizil besucht. »Der Rasen müsste

mal vertikutiert werden!« Ich schaue sie verständnislos
an. Sie leiht mir zwei Bücher aus ihrer Fachbibliothek:
»Mein Biogarten« und »Die kleine Kräuterhexe«.

Ende Oktober stecke ich halbherzig zwei Kilo Blumen-
zwiebeln in die Erde. Die gab es günstig im Supermarkt.
Im Frühjahr brechen tatsächlich Krokusse und Winter-
linge aus dem Boden. Ich bin entzückt: Zum ersten Mal
sehe ich als Lehrerin konkrete Ergebnisse meiner Bemühungen …!

Mein Partner schenkt mir ein Spielzeugset mit Schipp-
chen, Harke und Anfängertipps. Seither meide ich den
Schreibtisch, wann immer ich kann. Knie stattdessen
im Dreck und wühle mich mit bloßen Händen (in Ar-
beitshandschuhen hat man einfach kein Gefühl!) durchs
Wurzelwerk. In den Jahren der Brache haben sich im
Garten erstaunliche Dinge getan. Tentakel und Taue
laufen unter der Oberfläche, entsandt von entfernten
Brombeeren und uraltem Efeu. Quecke und Giersch,
die Lieblinge jedes Gärtners, haben sich jede Menge Freiraum erobert. Im Strauchwerk finde ich etliche junge
Eichen. Anscheinend leidet der Eichelhäher unter De-
menz und findet seine Verstecke nicht mehr. Ich jäte
tagelang Unkraut. Zu spät erfahre ich, dass mir auch
Winterjasmin und Bärlauch zum Opfer gefallen sind.
Ich entferne die Dreckschichten unter dem Rhododen-
dron. Tags drauf ist er welk und schlaff. »Du hast die
Mulchschicht entfernt!«, sagt meine Freundin traurig.
Hä?

Die Nachbarn sehen mein Wirken mit Wohlwollen. Sie geben mir gute Ratschläge, denen meine Ökofreundin energisch widerspricht. Also schneide ich die eine Hälfte des verblühten Flieders ab, die andere Hälfte lasse ich dran. Mal sehen, wer Recht behält. Nachts sammle ich mit der Taschenlampe Dickmaulrüssler, lichtscheue graue Käfer, die die Reste des Rhododendrons zernagen. Tagsüber suche ich nach Rosenblattrollwespen. Ich sehe fasziniert zu, wie schnell Gründünger wächst. Ich ernte Himbeeren und Tomaten. An heißen Sommerabenden gieße ich halbtote Pflanzen und finde sie bei meinem morgendlichen Evaluationsgang durch den Garten straff und aufrecht vor. Ich habe ständig schmutzige Fingernägel, schwarze Füße und schmerzhaften Kontakt mit Zecken, Ameisen und Brombeerstacheln. Ich komme an keiner Gärtnerei vorbei, ohne ein spezielles Düngemittel, eine blaue Blume oder ein Samentütchen zu erwerben. Mit Kolleginnen finde ich endlich zur propagierten Teamarbeit, indem wir Ableger, Stauden und Erfahrungen tauschen.

Mein neues Hobby befriedigt mich zutiefst. Ich ernte, was ich säe. Meine Tätigkeit führt zu schnell sichtbaren Ergebnissen. Abends fühle ich mich angenehm kaputt und müde. Schade, dass man Gartenarbeit nicht einfach auf die Schule übertragen kann. Einmal kräftig gewässert, schon sind alle fit und munter. Hier ein wenig Hornspäne und Humus ins Hirn, dort ordentlich Unkraut gerupft und diverse geistige Blattläuse entfernt – und schon kann ich den Erkenntnisgewinn im Klassenraum deutlich wachsen und blühen sehen.

# Zu Hause ist es am schönsten

Es gibt zahlreiche Varianten, sich selbst zu quälen. Verreisen ist eine davon. Mein Bruder verreist gar nicht mehr. Ihm genügt es, auf seiner Veranda zu sitzen und ins Gebüsch zu starren. Er will nicht am Flughafen die Koffer vom drängelnden Hintermann in die Hacken bekommen. Er will nicht in Helsinki zwölf Stunden auf den Anschlussflug nach Madrid warten. Er will nicht in engen Sitzreihen auf andere Kontinente fliegen, in Tuchfühlung mit übergewichtigen Nachbarn. Er will nicht drei Tage lang auf seinen Koffer warten, der unterdessen in Irkutsk gelandet ist.

Er will nicht bei 35 Grad im Intercity schmoren, weil in Kassel ein Umspannwerk ausgefallen ist. Er will auch nicht bei 35 Grad an einem spanischen Strand im Wüstenwind leiden. Er will in keinem brasilianischen Hotel Samba tanzen oder in Mexiko eine schwere Diarrhoe auskurieren. Er will keine Reisevorbereitungen in Form von Malaria-Prävention oder Gelbfieberimpfung betreiben. Auf Kreuzfahrtschiffe mit 5000 fröhlichen Touristen bringen ihn keine zehn Pferde. Apropos Pferde: Reiturlaub in Masuren oder Marokko kommt schon gar nicht in Frage. Wenn mein Bruder sich richtig gruseln möchte, sieht er sich den Prospekt der Busfirma an, die für wenig Geld rund um die Welt fährt, den dreistöckigen Sardinenschlafanhänger gleich hinten dran.

Mein armer Bruder! Reisen bildet und formt den Charakter! Wer nicht reist, erlebt nichts.

Meine Urlaubsfotos imponieren ihm überhaupt nicht. »Reisen zerstört Kulturen und schadet der Umwelt«, erklärt er, »es löst persönliche Krisen aus. So manche Beziehung ist im Urlaub in die Brüche gegangen!«

Nachdenklich gehe ich heim. In diesem Sommer darf mein Partner bestimmen, wohin die Reise geht. Voriges Jahr hat er sich auf dem Opferaltar der Liebe mit mir nach Florida begeben, obwohl er die USA nicht mag, es in Florida viel zu heiß ist, überall Alligatoren und giftige Rochen rumliegen und das Essen eine Zumutung ist. Alkoholische Getränke muss man in braunen Papiertüten verstecken, und beim Umziehen am Strand darf auf keinen Fall eine Pobacke zu sehen sein! Aber dafür ist das Benzin sehr billig …

In diesem Jahr muss ich in den sauren Apfel beißen und meinem Partner in seinen Traumurlaub folgen. Er war früher leidenschaftlicher Pfadfinder und schwärmt heute noch vom Grubenausheben und Wacheschieben in einsamen Wäldern. Als Student hat er in Kreta am Strand übernachtet, sich in Springbrunnen gewaschen und in Hainen Obst geklaut, was bei den Einheimischen Begeisterungsstürme auslöste. Er hat mit mehreren tausend Mücken am Baikalsee biwakiert. Er ist durch Tansania und Algerien getrampt, Geld und Papiere mit Teppichklebeband am Brustbein gesichert. Er ist in den Alpen von Berghütte zu Berghütte gewandert, hat abends sein

T-Shirt vor die Tür gestellt und sich eine Lagerstatt zwischen Schnarchern und alten Socken gesucht. Er ist mit Marschgepäck und Kleinkindern im Schlepptau durch sämtliche deutschen Flusstäler geradelt, selbst bei Hagel und Sturm. Wenn der Radweg unerwartet aufhörte, streckenweise auch auf Autoschnellstraßen.

Mein Partner hat mir für diese Ferien drei faszinierende Vorschläge unterbreitet: auf dem Rücksitz seines Motorrades an den Bodensee, auf einem Esel durch die Lausitz oder mit dem Fahrrad in ein Nudistencamp auf Usedom.

Hoffentlich geht er auf meinen Deal ein: Er wandert mit dem Esel ins Nudistencamp, und ich renoviere in der Zeit Küche und Bad, räume den Keller auf und lege im Garten einen Froschteich an.

# Das schwarze Sommerloch

## Sinnkrisen im Schulalltag

Die Sommerferien sind die problematischste Zeit im Jahr. Zu diesem überraschenden Ergebnis kommt eine Langzeitstudie der Ilskirchener Brösel-Eimer-Stiftung. Danach leiden 49,8 Prozent aller Lehrkräfte in den langen Ferien unter Sinnkrisen, Verstimmungen, Alpträumen und zahllosen Varianten von Sucht- und Fluchtverhalten.[3]

Die erste Ferienwoche ist eine besonders kritische Phase. Viele Befragte erwähnen ein mysteriöses schwarzes Loch, in das sie nach der Zeugnisausgabe fallen. Dabei handelt es sich hauptsächlich um hyperaktive und pflichteifrige KollegInnen, die von einem Termin zum nächsten eilen: Abschlussfeiern, Fachkonferenzen, Bezirkslehrerausschüsse, sämtliche Schülerdarbietungen der Sparten Tanz, Theater und Musik, Sommer- und Sportfeste, Jubiläumsfeiern und Betriebsausflüge. Noch am letzten Schultag organisieren sie ein Grillfest für die eigene Klasse. Manche Befragten geben verlegen zu Protokoll, dass sie zu Ferienbeginn Schülerfahrten in den Heidepark Soltau oder nach Hannover durchführen.

Große Probleme bereitet die erste Ferienwoche auch den von Prokrastination Befallenen. Sie fühlen sich vom Be-

---

3   Brösel / Eimer u.a.: »Von der Schuldistanz zur Sinnkrise. Eine Studie zur Lehrergesundheit«, Ilskirchen 2012)

rufsalltag so belastet, dass sie alles andere monatelang vor sich herschieben: Steuererklärungen, Arztbesuche, die Pflege sozialer Beziehungen. Ihre Standardreaktion: »Lass uns in den Ferien telefonieren. Da habe ich Zeit.« Viele verschieben sogar Migräneanfälle und Krankheiten in die Ferien. Auf diese Lehrkräfte wartet eine solche Flut von Terminen und Pflichten, dass die Betroffenen darunter zusammenbrechen.

Nicht wenige Lehrkräfte neigen in den Sommerferien zu groteskem Fluchtverhalten, wenn es um schulpflichtige Kinder geht. Auf Reisen lassen sie sich weit entfernt von Schulklassen anderer (Bundes)Länder nieder, notfalls hinter dem Schornstein einer Fähre oder im Gepäckwagen der Deutschen Bahn. Lehrkräfte mit Fluchtdrang neigen zu hysterischen Anfällen, wenn sie in einem tschechischen oder portugiesischen Dorf die örtliche Schule entdecken.

Während die normale (= abgebrühte) Lehrkraft angesichts fremder Kollegen, die sich in der Öffentlichkeit mit Schülern abmühen, eher zur Schadenfreude neigt, suchen LehrerInnen mit Helfersyndrom geradezu den Kontakt mit Berufsgenossen. »Io sono anche professore!«, versuchen sie dem italienischen Kollegen im Forum Romanum aufgeregt mitzuteilen. Sie regeln den Verkehr, damit der Schülertrupp unbeschadet über die Via Veneto kommt. Sie helfen in Museen und Gedenkstätten mit Äußerungen wie »Kaugummi raus!« oder »Finger weg von den Ausgrabungsgegenständen!«

Viele Lehrkräfte klagen in der Studie über Alpträume, die sie in den Sommerferien heimsuchen. Einem männlichen Kollegen saß jede Nacht der Schulleiter auf der Brust. Bei einem anderen verwüsteten Schülerhorden Rosengarten und Weinkeller. Besonders belastete einen älteren Kollegen der Traum, dass seine Lebensarbeitszeit um zehn Jahre verlängert wurde. Eher harmlos nehmen sich dagegen die Alpträume von Frauen aus: Sie verwechseln die Wochentage, kommen zu spät oder völlig unvorbereitet in die Anstalt.

Workaholics sammeln und trocknen in den Sommerferien alles, womit sie meinen, Schüler im Fachunterricht erfreuen zu können: Steine, Muscheln, Pilze und Wildblumen, Landkarten und Bildmaterial. Selbst in Colorado spüren sie ein Fachgeschäft auf, das interessantes Schulmaterial anbietet. Klaglos bezahlen sie Übergepäck und Zollgebühren. Der krankhafte Sammeltrieb setzt sich am Heimatort fort: Endlich Zeit und

Gelegenheit, mit der Sackkarre bei allen Schulbuchverlagen vorzufahren.

Ist es den einzelnen Problemgruppen der Studie gelungen, die eigene Mitte zu finden und sich zu erden, sind die Sommerferien schon fast wieder vorbei. Darunter leiden vor allem schulferne Verwandte und Bekannte. Jedes Gespräch dreht sich nur noch um traumatische Erlebnisse mit Schülern und deren Eltern. Diese kommunikative Erkrankung führt häufig zu sozialer Isolation.

Die Brösel-Eimer-Studie erwähnt am Rande auch Problemgruppen, die sich in den Sommerferien heimlich fortbilden oder ihren Arbeitsplatz schon lange vor offiziellem Schulbeginn aufsuchen, um Lektüren zu bunkern, Arbeitsblätter zu kopieren oder den Klassenraum zu streichen. Da solche Lehrkräfte unter ihren Krankheitssymptomen subjektiv nicht leiden, widmet die Forschung ihnen allerdings wenig Aufmerksamkeit.

Offenbar ist die neue Brösel-Eimer-Studie schon in falsche Hände geraten. Gerüchte behaupten, dass die Schulverwaltung Niedersachsens bereits überlegt, die Sommerferien um drei Wochen zu verkürzen.

# Abschiedsschmerz

Der Sektvorrat im Keller schwindet zusehends. Hat mein Partner dem »Bitburger« entsagt und trinkt heimlich »Schloss Wachenheim«? Vielleicht sollte ich ihn bei der Suchtberatung anmelden. Sich beim Trinken im Keller zu verstecken, ist schon suspekt.

Mein Partner wehrt sich, als ich ihn frühmorgens mit zwei Flaschen Wachenheim erwische: »Ich will doch nur mit meinem Leistungskurs anstoßen. Heute ist unsere letzte Deutschstunde vorm Abitur.« Die anderen Sektflaschen seien bei seiner letzten Fachkonferenz, bei der letzten Präsentationsprüfung und bei der letzten Jahrgangsdienstbesprechung draufgegangen. Glücklichweise zechen die Kollegen und Kolleginnen ja weitaus weniger als in jungen Jahren.

Das waren noch Zeiten, als wir freitags im Lehrerzimmer saßen, die Becher aufs Wochenende hoben, sogar das ein oder andere lustige Lied sangen und im Kollegium nach Flirtpartnern Ausschau hielten. Jede Gesamtkonferenz endete in der Kneipe um die Ecke. Wenn wir heute nach Unterrichtsschluss ausnahmsweise mal beisammen sitzen, reden wir bei einem leckeren Mineralwasser über unsere Zipperlein. Die diversen Pillen vertragen sich einfach nicht mit Alkohol.

Mein Partner hat das offizielle Rentenalter erreicht und arbeitet noch bis zu den Sommerferien. Sein Gefühls-

leben schwankt zwischen offenem Triumph (»Nie mehr so blöde Eltern!«) bis hin zu schmerzlicher Wehmut (»Eigentlich habe ich immer gern unterrichtet!«). Daheim feilt er an seiner letzten Abiturrede und an den deutlichen Worten, die er dem konfliktscheuen Schulrat zum Abschied an den Kopf werfen will. Über seinem Schreibtisch hängen gerahmte Kopien: »Mein letzter Stundenplan«, »Meine letzte Geschichtsklausur«, »Mein letztes Protokoll«.

Jeden Montag geht er mit aussortierten Büchern in die Anstalt. »Fundgrube für Vertretungsstunden«, »Cybermobbing im Kollegium« und »Verhaltensoriginelle Jugendliche« werden ihm aus der Hand gerissen. Der Sammeltrieb ist auch in den nachwachsenden Lehrergenerationen ungebrochen.

Ich will in der Schulrechtssammlung nachsehen, ob Grubenausheben eine entwürdigende Sanktion für renitente Jugendliche ist. Mein Partner ist ein wenig verlegen. Das dicke Schulgesetzbuch hat er längst seiner Nachfolgerin vermacht. Mit der Zeit verschwinden die Deutsch- und Geschichtsordner Klasse 7 bis 13 aus der Schrankwand. Wir überlegen, einen Container für den Papiermüll anzufordern. Vielleicht müssen wir doch keinen Wintergarten anbauen, wenn bis zu den Sommerferien die Hälfte des Inventars verschwunden ist. Dinge mit hohem Erinnerungswert bleiben allerdings in unserem Haushalt: die Lateinlernkartei aus dem Grundstudium, die handschriftlichen Unterlagen über Minnesang, Macchiavelli und römisches Recht.

An seinem letzten Studientag lehnt sich mein Partner zurück und lauscht schmunzelnd den neuesten Reformideen der Fortbilder. Seiner Altersweisheit ist es vermutlich zu verdanken, dass er nicht offen verkündet, all diese Bahn brechenden Neuerungen seien vor 30 Jahren schon mal »erfunden« worden. Er freut sich still, dass er nicht mehr an zeitintensiven Maßnahmen teilnehmen muss, deren Effektivität er schon damals zu Recht bezweifelt hat. Tendenziöse Zeitungsberichte über alte Lehrer und das Versagen der Schule nimmt er abgeklärt zur Kenntnis: »Wie schön, das regt mich alles nicht mehr auf.«

Am letzten Wandertag lädt er seine 10. Klasse in den Heidepark Soltau ein. Für die letzte Gesamtkonferenz spendiert er zwei Spanferkel und ein Fass Bitburger. Ferne Verwandte im Westfälischen fordern eine große Festivität zur Pensionierung. Dieses letzte Dienstjahr geht ins Geld.

Mein Partner überlegt, womit er seine besten Jahre verbringen kann. Einen Bildungsroman schreiben? Aphorismen dichten? Den Rasen neu anlegen? Salsa lernen? Ein Ehrenamt ausfüllen? Ich erwische ihn, als er eine Anzeige aus der Zeitung rupft: »Senior Partners for school gesucht«. Das sind Silver-Ager, die Streit zwischen Schülern schlichten. »Das machst du nicht!«, erkläre ich.

Es gibt ja wirklich Menschen, die nicht vom Schuldienst lassen können. Die inständig darum bitten, auch weiterhin als Stundenkraft beschäftigt zu werden – und sei es in der Lehrbücherei. Und genug Schulen sind auf diese Pensionäre dringend angewiesen. Die Grundschule gegenüber sucht Lesepaten und Kräfte für die Essensausgabe. Mein Partner sieht sehnsüchtig zu den kreischenden Kindern auf dem Spielplatz hinüber. Er kann doch so gut vorlesen. Ich überzeuge ihn, dass es viel dringender ist, unseren Keller trockenzulegen, damit er sich dort sein kleines Reich schaffen kann. In Loriots Film »Papa ante portas« werden viele pensionierte Männer artgerecht im Hobbykeller gehalten. Nach den Sommerferien und dem Kellerumbau verschwindet mein Partner täglich für mehrere Stunden im Untergeschoss. Er hat sich sogar einen eigenen Zugang gegraben.

Was er da unten macht? Er gibt Nachhilfeunterricht für verhaltensoriginelle Jugendliche.

# Anhang

## Wissenschaftliches Begleitmaterial

Ich bin sehr froh, dass meine Arbeit durch die Forschungsergebnisse der Wissenschaftler Dr. Justin Brösel und Dr. Dr. Stefan-Dieter Eimer untermauert wurde. Auf folgende Studien konnte ich mich stützen:

1) »Grenzwertigkeit schulischer Elternarbeit«, Ilskirchen 2010
   (Text: »Schwänzer, Schwätzer, Saboteure«)
2) »Imagination und Mystizismus im Bereich der Lehrerbildung«, Ilskirchen 1993
   (Text: »Die Dümmsten aus meiner Klasse sind Lehrer geworden!«)
3) »Progression kommunikativ-verbaler Defekte in der Psychogenese von Lehrkörpern«, Ilskirchen 2009
   (Text: »Berufskrankheiten«)
4) »Von der Schuldistanz zur Sinnkrise«, Ilskirchen 2012
   (Text: »Das schwarze Sommerloch«)

Die Brösel-Eimer-Stiftung wurde 1992 gegründet und hat ihren Sitz in 31733 Ilskirchen, Vormoser Weg 17 – 25. Das aktuelle Fortbildungsangebot kann dort bestellt werden (Rückporto!).

Die Stiftung beschäftigt sich derzeit mit folgenden Studien:

»Wiederentdeckt: Das Gehirn. Chancen und Grenzen der Hirnforschung«

»Prototypen scheininnovativer Pädagogik«

»Der Pädagoge: Zwischen Ohnmacht und Allmacht«

Näheres – vor allem Zitate, die sich für Plagiate eignen – unter:
www.broesel@eimer.de

## Ergriffenheitsadresse

Wie alle Schriftsteller und Schriftstellerinnen möchte auch ich mich ausdrücklich und ausführlich bedanken:

1. Bei meiner Lieblingsjournalistin!
   Sie hat mich nachhaltig zum Schreiben motiviert! Nahezu jeden Schulartikel wusste sie mit Seitenhieben auf Lehrer zu würzen. Sie hat meinen Blutdruck vorm Absinken bewahrt und mir Stoff für zahlreiche Glossen geliefert.
   Danke, Susi!
2. Bei den Pathopsychologen Dr. Justin Brösel und Dr. Dr. Stefan-Dieter Eimer, die mir freundlicherweise einige ihrer Ilskirchener Studien zum deutschen Bildungswesen zur Verfügung gestellt

haben (vgl. entsprechende Anmerkungen im Buch). Ihre wissenschaftliche Begleitung hat mich in vielem bestärkt. Danke!

3. Dank auch an die Hirnforscher, Neurobiologen, Pädagogikprofessoren und Philosophen, die mir die Augen geöffnet haben. Ohne sie hätte ich weiter dumpfen Frontalunterricht gemacht und den Lerneifer meiner Schülerinnen und Schüler erstickt.

4. Ich danke dem Toscana-Mann. Leider weiß ich seinen Namen nicht. Er hat den Schuldienst vor Jahren verlassen und sich in der Toscana angesiedelt. Dort denkt er sich Absonderliches für den Schulalltag aus und amüsiert sich königlich, wenn es ernsthaft umgesetzt wird. Dem Toscana-Mann haben wir Lernkonzerte, Sträuße möglicher Aufgabenformate, die Keksdosenmethode, den Glückstopf, die Bienenkorbmethode und vieles andere zu verdanken!

5. Ich grüße meinen Nachbarn, den Urheber des Buchtitels! Ohne seine Mitwirkung hätte mein Buch profan »Wann klingelt es endlich?« geheißen. Aber sein Ausspruch »Die Dümmsten aus meiner Klasse sind Lehrer geworden!« schlägt diesen Titel um Meilen! Am Gewinn werde ich ihn trotzdem nicht beteiligen.

6. Dank gebührt dem Vater aus meiner letzten Klasse, der mir als Klassenlehrerin den Weg wies: »Sie müssen natürlich auch ein wenig interessiert und motiviert sein, wenn Sie die Schüler erreichen wollen.« Ein Glück, dass mir das mal jemand gesagt hat!

7. Ich bedanke mich ganz besonders bei meinem Gatten, der auf massiven Druck hin sämtliche Texte bis zu zehnmal gelesen hat. Leider hat er trotz seiner langjährigen Tätigkeit als Deutsch-Fachbereichsleiter einige Tippfehler übersehen. Typisch Lehrer. Bei Beanstandungen wenden Sie sich bitte an ihn!

## Real oder fiktiv?

Mein soziales Umfeld sucht in meinen Texten gern nach Authentischem. Besucher wollen unbedingt den Keller sehen, in dem mein Mann verhaltensoriginelle Jugendliche betreut. Andere fragen, in welcher Psychiatrie meine Schulleiterin gelandet ist und welche zwei Kollegen sich in ihrem Amtszimmer geprügelt haben. Wieder andere Leser sind irritiert, weil sie nicht genau wissen, ob der Partner im Buch immer ein und derselbe ist und welcher davon mir im realen Leben gegen das Schienbein getreten hat. Wissenschaftlich Interessierte würden gern bei mir Werke der Pathopsychologen Brösel und Eimer ausleihen. Andere finden es unheimlich witzig, dass ich mir den Hirnforscher Hüther ausgedacht habe.

An dieser Stelle möchte ich ausdrücklich betonen, dass meine Neffen alle keine Lehrer sind. Dass ich keinen älteren Bruder habe, der 68er hätte sein können, es den Hirnforscher Hüther und die »Language Farm« in Thüringen (siehe Werbeanzeige hinten im Buch) aber tatsächlich gibt! Die »Language Farm« in Freienorla und

»Esprit d' équipe« im Spreewald sind ideale Angebote für Klassenfahrten! Sie verdienen diesen Werbehinweis! Ich war viermal mit Klassen dort. Ebenso echt ist die Werbeanzeige von www.meinUnterricht.de beim zweiten Text in diesem Buch »Tolle Tipps«!

Die Rezensionen auf der Buchrückseite (Eichborn, Süddeutsche, Morgenpost u.a.) sind auch echt!!! Bei meinen ersten beiden Büchern habe ich mir die Kurz-Praises notgedrungen selber ausgedacht, aber gerade in dem Fall meinten Leser, Korbinian Kolberg, Buchhändler auf Pellworm, persönlich zu kennen. Tut mir leid, wenn ich mit meiner mangelnden Ernsthaftigkeit für Irritationen gesorgt habe!

# Die Alternative
## zu Sprachreisen ins Ausland

ABENTEUER SPRACHE

# LANGUAGEFARM

Reitkurse • Kanutouren
Klassenfahrten in Englisch

Tel: 03 61 - 38 01 44 7
www.languagefarm.net